居眠り同心　影御用

源之助　人助け帖

早見　俊

時代小説

二見時代小説文庫

居眠り同心 影御用——源之助 人助け帖

目次

第一章　筆頭同心の蹉跌《さてつ》

一

　春光はあくまで柔らかく、澄んだ風は肌に心地良い。霞《かすみ》がかかった青空には雲雀《ひばり》が舞っている。草花が芽吹き、文化七年（一八一〇年）の如月《きさらぎ》を迎えた江戸は町中が春の装いで匂い立つようだ。

　北町奉行所筆頭同心蔵間源之助《くらまげんのすけ》は、春の息吹を身体中で味わうように深く息を吸い込んだ。背は高くはないががっしりした身体、日に焼けた浅黒い顔、男前とは程遠いいかつい面差し、一見して近寄りがたい男だ。そんな男が髷《まげ》を小銀杏《こいちょう》に結い、萌黄色《もえぎ》に縞柄の小袖を着流し、黒紋付の羽織を巻き羽織にするという町方《まちかた》同心特有の格好で歩く姿は、まさに八丁堀の旦那《だんな》の風格を漂わせていた。

ここは、白金村、梅大神宮《うめだいじんぐう》の境内だ。その名の通り、一重咲きの白梅の名所として知られている。晴天の昼下がり、多勢の参詣客で賑わいを見せていた。

源之助も岡っ引の京次《きょうじ》と一緒に町廻りの途中に梅見物にやって来たのだ。京次は源之助とは正反対のやさ男然とした男前だ。通称「歌舞伎の京次」の名が示すように元は中村座で役者修業をしていたが、性質《たち》の悪い客と喧嘩沙汰を起こし、役者をやめたのが十年前。源之助が取り調べに当たった。口達者で人当りがよく、肝《きも》も据わっている京次を気に入り岡っ引修業をさせ、手札を与えたのが五年前だ。京次は岡っ引の傍《かたわ》ら、髪結いの亭主となって食いつないでいる。

「いい具合に咲いてますね」

京次は白梅を見上げた。

「おらあ、この白梅ってやつが好きだぜ」

白梅は馥郁《ふくいく》たる花を咲かせ青空に映えている。

「あっしはどっちかって言いますと紅梅のほうがいいですね。なんて言いますかね、妙に色っぽいと言いますか、年増《としま》のいい女のようで、へへへ」

梅談義を楽しむのどかな春の昼下がりである。源之助はそんな平穏を楽しむように境内《けいだい》をゆっくり散策してから門前町に足を伸ばした。目についた茶店に京次が走り込む。

源之助が中に入った時には既に京次が縁台に席を取っていた。

「桜餅と茶をくんな」

源之助は萌黄色の小袖に襷《たすき》掛けで接客している女中の一人を捉《つか》まえた。女中はにっこり愛想《あいそ》を振り撒き奥へ引っ込んだ。

「こんな日ばっかりだったらいいんですがね」

京次は女中から桜餅と茶を受け取った。早速、桜餅を手に取る。塩漬けにされた桜の葉の香りが心地良い風味となり食欲をそそった。口に入れる。程よい小豆《あずき》の甘みが口中に広がる。それを濃い目の茶がすっきりと流してくれた。

「まったくだな」

ふっと安堵の息を漏らした。京次の目元が緩んだ。それを横目に、

「何がおかしいのだ」

「蔵間の旦那でもそんなことを思いなさるのかって」

「思ってはおかしいか」

「おかしいって言いますかね、ちょいと意外に思ったんでさあ。何せ北町きっての腕利き同心と評判の旦那ですぜ。その名を聞いただけで江戸中の悪党どもが震え上がる

ってお方だ。御奉行さまから感状を頂いたこと数知れず、おかげで堂々と筆頭同心をお務めでいらっしゃる。雨の日も雪の日も風の日も、町廻りを欠かさない。捕物出役《しゅつやく》となれば、先頭を切って十手《じって》や剣を振るいなさる。そんな旦那も泰平がいいもんですかね」

京次は源之助に向いた。

「あたり前だ。平穏に勝《まさ》るものはないさ」

当然だと茶をごくりと飲み込んだ。

「でも、このところ平穏過ぎてお退屈じゃありませんか」

源之助は少しの間、両の掌《てのひら》で茶碗を弄《もてあそ》ぶように動かしていたが、

「ま、ちょっぴりな」

と、悪戯《いたずら》っぽく微笑んだ。いかつい顔が一瞬にして柔和になった。目尻が下がり、澄んだ瞳に優しげな光が宿っている。

が、すぐにその温和な表情は引き締まった。京次はそれを見逃さず、

「どうしました」

目で問いかける。源之助の視線は往来の人混みに注がれた。源之助は墨染めの衣をまとった僧侶を注視している。僧侶は露天商から安倍川餅を買い求めている。その横

顔に気づいた京次が源之助の耳元で、

「山犬の団吉《だんきち》ですね」

源之助は黙ってうなずく。

「捕まえますか」

「いや、つけろ。配下の者たちと一緒にいるはずだ。ねぐらを突き止めるんだ」

「わかりました。後ほどお屋敷に報告にお伺い致します」

京次はすっくと立ち上がると人の波に紛《まぎ》れた。

「団吉め、とうとう尻尾を現したな」

源之助の目は鋭く細められた。

山犬の団吉はお尋ね者である。多勢の子分を率いた博徒《ばくと》だ。方々の寺や旗本屋敷の中間《ちゅうげん》部屋で賭場《とば》を開き荒稼ぎをしているにもかかわらず、摘発を免《まぬか》れている。源之助も寺社方の要請で現場を押さえようと動いたが、行方を晦《くら》まされ捕縛できずにいた。

それが、目の前に姿を現すとは。まさに、僥倖《ぎょうこう》である。

この機会に子分もろとも残らず摘発してやろう。団吉を記《しる》した人相書きは脳裏に刻まれている。いくら坊主に扮そうが、あだ名である山犬のように獰猛《どうもう》な目は隠しようもない。少なくとも、源之助の目はごまかせなかった。

「団吉め」

源之助は茶碗を握り締めた。

「お替りどうですか」

女中に声をかけられて緊張感を解き、

「おお、すまんな」

茶碗を差し出す。その顔は既に優しげな笑みに包まれていた。茶をもう一度口に含み、大きく伸びをした。

寺の白壁が春の日差しを受け、眩《まばゆ》い輝きを放っていた。往来に伸びた松の枝は鮮やかな緑だ。

うららかな春の昼が過ぎてゆく。

その晩、八丁堀の組屋敷に戻ると、

「お帰りなさいませ」

玄関の式台で妻の久恵《ひさえ》が三つ指をついた。日常的に繰り返される光景だ。

弁慶縞の小袖に身を包んだ久恵は口数は少ないが、笑みを絶やさないよく気がつく女である。父が南町奉行所の臨時廻り同心ということもあり、八丁堀同心の妻の心得をよく取得し源之助を支えている。美人ではないが色白でふくよかな面差《おもざ》しは、見ているだけで激務に身を置く源之助の心身を和《なご》ませてくれていた。もちろん、そんな心の内を妻に明かしたことはない。

「うむ、変わりはなかったか」

腰から大刀を鞘ごと抜き、差し出す。久恵は両手で押し頂くように持ち、

「杵屋《きねや》さんから履物とお酒が届けられました」

杵屋とは日本橋長谷川町にある老舗《しにせ》の履物問屋だ。主《あるじ》は代々善右衛門《ぜんえもん》を名乗る。今の善右衛門で五代目だ。やくざ者に身を落とした息子をやくざ仲間から連れ戻し、更生のきっかけを与えてくれた源之助に善右衛門は感謝し、折に触れ商売物の雪駄《せった》や草履《ぞうり》、さらには心付けに酒を届けてくる。いずれも一つ二つではなく。数十という単位だ。

賄賂《わいろ》と見られなくはないが、町《ちょう》役人を務める分限者《ぶげんしゃ》と町方の御用を承《うけたまわ》る役人との付き合いの範囲だと源之助は割り切っている。もっとも、これらの付け届けを源之助は独占することはしない。

「では、いつものようにしなさい」

淡々と言いつけると、廊下を奥に進んだ。いつものようにしなさい、とは部下たち

の屋敷に持って行ってやれということだ。杵屋からの付け届けに限らず、役目上商人たちからの貰い物は多い。貰った品々は例外なしで部下たちに配っている。同心によっては全《すべ》てを我が物とし、自分の家で持て余すと献残屋《けんざんや》に引き取らせ、金に換える者もいるが、源之助はそのようなことは決してしない。付け届けは商人たちとの円滑な関係を築くことで町方の御用に役立てるためであり、私腹を肥やすためではないと身を律している。

縁側に出、夕陽に照らされた狭い庭を眺めながら居間に入った。取り立てて手入れはしていないが、春の宵を迎えた庭はどことなく艶《つや》めいて見えた。

「お帰りなさいませ」

息子の源太郎《げんたろう》が両手をついた。既に羽織を脱ぎ、縞柄の小袖を着流している。色白でおっとりとした若者だ。いつも笑顔を絶やさず、心根のやさしいところは母親譲りだ。十八歳を迎えた正月から見習い同心として北町奉行所に出仕していた。

源之助はそんな源太郎に物足りなさを感じているが、日常の仕事に追われ、あまり干渉しないでいた。

「何かあったか」

源之助の問いかけに源太郎は笑みを浮かべ、

「つつがなく過ごしました」

源太郎に悪気《わるげ》はないのだろうが、その答えは気に障《さわ》った。

「つつがなくでは答えになっておらん。どんな御用をしたのだ」

源之助の苛立《いらだ》ちに源太郎は臆《おく》することもなく、

「失礼申し上げました。本日は両御組姓名掛《りょうおんくみせいめいがかり》のお手伝いを致しました」

「姓名掛の手伝い……。あんな掛、手伝うような御用などあったのか」

思わず苦笑を漏らした。両御組姓名掛とは、奉行所に勤務する同心とその家族の名簿を作成する部署である。家族が死亡、赤子誕生、夫婦になった時にそれらの事項を補完することくらいしか仕事がない。はっきり言って閑職だ。南北の町奉行所で定員一人ということがそのことを如実に物語っている。日がな一日、うたた寝をしていても過ごせると、口の悪い連中からはうたた寝番だとかうたた寝方、などと揶揄《やゆ》されている。今は山波平蔵《やまなみへいぞう》という六十を過ぎた南町奉行所の老人が担《にな》っているはずだ。

「はい。大野《おおの》さまの言いつけで、奉行所に務める同心の名と家族を頭に入れておくのも大事なことだと」

源太郎ははきはきと答える。大野清十郎《せいじゅうろう》は年番方与力を務める五十年配の男だ。与力と言うより、商家のご隠居といった方がふさわしい温和な人物で知られている。

――いかにも、大野さまの言いそうなことだ――

日がな一日、かび臭い書庫で名簿とにらめっこして過ごすなど、とても自分には耐えられない。ものの半時《はんとき》(一時間)も過ぎれば、じっとしていられなくなる。それに比べ源太郎はまじめに朝から夕方まで書庫で名簿を眺め一日を過ごしたのだろう。

――まこと、おれの血を引いているのか――

久恵が浮気などするはずはないのだが、源太郎を見ると、わが息子とは思えなくなることがある。

「夕餉《ゆうげ》をお持ちしましょうか。それともお着替えをなさいますか」

久恵が訊いてきた。

「夕餉に致そう」

京次が報告にやって来るはずだ。それまでは八丁堀同心の格好のままでいた方が身は入るというものだ。

夕闇が濃くなった。縁側が茜《あかね》に染まっている。今日は一日、平穏に過ぎ行くかのように思えた。

二

すぐに膳が運ばれて来た。源太郎は久恵を手伝った。手伝いなどすることはない、と度々《たびたび》言いつけ、久恵も源太郎の手伝いを断っていたのだが、源太郎はごく自然な所《しょ》作《さ》で、

「母上、お一人では大変ですから」

と、手伝いをやめようとはしない。源之助もそんなつまらぬことで目くじらを立てることもないと近頃では好きにさせている。

膳が置かれた。鰊《にしん》の塩焼き、茄子《なす》の古漬け、豆腐の味噌汁だ。隅に銚子が一本載っていた。

源太郎は自分の膳を運び、

「いただきます」

両手を合わせ飯が盛られた茶碗を取り上げる。茄子と飯を一緒に頬張ると、

「美味しゅうございます」

笑顔を弾《はじ》けさせ久恵に言う。久恵は黙ってうなずく。夢中になって飯をかき込む源

太郎を見ているとなんとも微笑ましく父親の気分に浸れた。しかし、それを顔には出さず、かえって厳しい顔をし銚子を持ち上げた。すると、玄関で声がした。

「お邪魔します」

その声は京次である。きっと、団吉の尾行について報告に来たのだろう。久恵が腰を浮かし、

「はあい、ただ今」

向かおうとするのを、

「よい」

制して立ち上がる。美味そうに飯を食べる源太郎を横目に縁側を進み、玄関に出た。

京次は土間に立っていた。

「わかったか」

いきなり、答えを求めると京次は、

「高輪の報徳寺という法華宗《ほっけしゅう》の寺に入って行きました」

「そこで賭場を開いているんだな」

「そのようで」

「よし、行くぞ」

「今からですか」

「あたり前だ。探《さぐ》りを入れるまたとない機会だ」

「でも、寺ですぜ。寺社方に伺いを立ててからでないと」

「何も捕物をやらかそうというわけじゃないんだ。様子を探るだけさ」

実際、居ても立ってもいられない心境だ。団吉の巣窟《そうくつ》が見つかったと知った以上、自分の目で確かめないではいられない。

「いいから、行くぞ」

源之助は京次を待たせ、居間に戻った。歩くうちに熱い血が全身を駆け巡る。

「出かける」

久恵は黙って大刀と十手を持って来た。

「父上、捕物でございますか」

源太郎は箸を止め、目を輝かせた。

「違う」

「では、どのような」

「ちょっとした御用だ」

尚も源太郎は問いを重ねたそうだったが、久恵に目で制せられ、

「ご苦労さまです」

と、頭を下げた。

「ならば」

踵《きびす》を返した。

「お気をつけて行ってらっしゃいませ」

久恵のねぎらいの言葉を背に受けて玄関に戻る。

「後で、雪駄と酒を持って行け」

京次にも杵屋からの付け届けを分け与えることにした。

「すんません」

京次は頰を綻《ほころ》ばせた。

京次の案内で報徳寺にやって来た時には夜の帳《とばり》が下りていた。おぼろな夜空には三日月がくっきりと浮かび、星が瞬《またた》いている。報徳寺はひっそりとした闇の中にあった。七堂伽藍を備えた立派な寺だ。道の両側には寺院や武家屋敷が軒を連ねている。海に近いせいで、夜風には潮の香りが混《ま》じっていた。

二人は裏門に回った。

裏木戸は硬く閉じられている。源之助と京次は道端にそよぐ柳の木陰に身を潜ませた。ばたばたとした足音がした。濃い白粉《おしろい》の香りが夜風に運ばれてくる。

「夜鷹ですよ」

京次が囁《ささや》いた。

「捕まえてこい」

「どぶさらいですか」

どぶさらいとは町方が時折行う、夜鷹の摘発だった。何人かを見せしめに捕まえる。

「いや、そうじゃない。話を聞くだけだ」

一朱銀を渡した。京次は闇の中に消えた。じきに濃い化粧の匂いと共に一人の夜鷹がやって来た。黒地無紋の小袖に桟留めの帯、茣蓙《ござ》を右手に掲げ、頭から手拭いをかぶっている。うつむき加減のため、はっきりとした容貌はわからないが星影に照らされたその顔は三十路《みそじ》は確実に過ぎていた。四十を超しているかもしれない。どのような事情があるにせよ、夜鷹に身を落とさなければならなかった境遇には同情すべき点があるのかもしれない。が、今はそのことには構っていられない。

「商売の邪魔はしない。ちょっとだけ、話を聞かせてくれ」

源之助に言われ夜鷹は首を縦に振った。

「おまえは、この辺りで商売をしているんだな」

「そうだよ」

「毎晩出ているのか」

「雨の日以外はね」

物憂げな物言いだ。

「で、聞きたいということはな、あの寺だ」

源之助は報徳寺の裏門を顎でしゃくった。夜鷹も視線を向ける。

「あの寺、博打が行われているだろ」

「そうみたいだね。負けた男たちが客になってくれるさ。勝った連中は岡場所に行くよ」

「なるほどな。で、何時頃《いつ》からここで行われるようになった」

「一月《ひとつき》ばかり前からかね」

「何時《なんどき》くらいから始まるんだ」

「暮れ六つの鐘が鳴ると、集まって来るね」

「何人くらい出入りしているんだ」

「さあね、数えちゃいないけど、十人や二十人はいるね」

「どんな連中だ」

「商家の旦那、お坊さんもいるね」

源之助は懐中から団吉の人相書きを取り出した。

「この男に見覚えないか。ひょっとしたら坊主の格好をしているかもしれない」

夜鷹は三日月の頼りない光を頼りに目を凝《こ》らした。

「ああ、いつも寺の中にいるよ」

「確かだな」

夜鷹がうなずくと、さらに一朱銀を渡した。夜鷹はにんまり笑って柳の陰に消えた。

「どうします」

「明日にでも踏み込みたいところだが、ここは慎重を期さないとな」

「と、言いますと」

京次は源之助が慎重な姿勢に転じたことを意外に思ったのか、暗がりにあってもいぶかしげな顔になったのがわかった。

「思い出したんだ。この報徳寺はな、大奥の女中方やご側室さまが参詣に訪れる。寺社方も捕物に二の足を踏むかもしれない。よほど、しっかりとした証《あかし》を摑まないとな」

「と言っても中に入り込むことはできませんよ」

京次は思案するように腕組みをした。

「待つしかないな」

「客が出て来るのをですか」

「一人を引っ括《くく》り、賭場が開かれている証言を取る」

「それしか、ありませんね」

京次も納得するようにうなずいた。

「そうと決まれば、腹ごしらえでもするか」

夕餉にはほとんど手をつけずにやって来た。緊張でなりを潜めていた腹の虫が団吉捕縛の見通しが立ったことで鳴き始めた。辺りを見回すと、二町ほど先に夜鳴き蕎麦屋の提灯の灯りが淡く滲んでいた。京次が駆け出した。急に風が冷たくなった。春の夜は思いの他に肌寒い。

寒さを跳ね除けるように足速に歩く。夜鳴き蕎麦屋の暖簾《のれん》を潜ると、源之助の格好を見て八丁堀同心と見当をつけたのか、店の主人が相好《そうごう》を崩し、

「これは、旦那。夜廻りですか」

「まあな」

「ご苦労さまです。この辺りは寺と武家屋敷ばかりで、人通りが少ないですから、旦那方が夜廻りをしてくだされればありがたいですよ」

主人は人の良さそうな男だ。京次が、

「何にします」

「しっぽくでももらうか」

「じゃあ、あっしも」

それを主人が引き取り、

「ありがとうございます」

と、蕎麦を作りにかかった。

「この辺りで商いをしているのか」

「ここに屋台を引いて来たのは、昨日からです」

「そうか、なら、報徳寺のことは知らぬか」

「報徳寺がどうかしましたか」

「近頃、寺に押し込む盗人が多くてな、報徳寺は裕福と評判だから、怪しげな連中が出入りしていないか気づかないか」

主人は首を捻っていたが、

「さあ、どうでしょう」

博打に出入りしている客を見ていないはずはない。それが黙っているということは、関わりを恐れているのだろう。無理に話させることはあるまいと、それきり深くは追及しなかった。

「お待ちどお」

湯気が立った蕎麦にたちまち頬が綻んだ。熱い汁を口に含む。鰹《かつお》と醬油の出汁《だし》が程よく絡み合っている。蕎麦も腰があって心地良い喉越しだ。椎茸《しいたけ》を嚙むと柔らかで出汁が舌に広がった。厚く切った蒲鉾《かまぼこ》もうれしい。なんだか得をした気分になった。

京次もうまそうに啜《すす》っている。

「美味かった」

そう言って二人分の銭を置いた。

「ご苦労さまです」

主人はうれしそうに頭を下げた。

三

「さあて、と」

京次は腹ができたことで気力が高まったのか充実感に満ちた顔となっている。それは源之助も同様で、

「その意気だ」

と、京次の背中を叩いた。二人は再び報徳寺裏門近くの柳の木陰に身を潜めた。

「このまま、待つぞ」

証人を捕まえるまではてこでも動かないという決意をみなぎらせる。京次も唇を噛み締め緊張を帯びた顔つきである。

二人はしばらく木陰でじっとしていた。夜四つ（午後十時）を告げる鐘が鳴った時、裏門の潜《くぐ》り戸が開いた。やくざ者風の男が提灯《ちょうちん》を手に出て来た。

「へへへ、旦那、また、お願いしますよ」

やくざ者は媚《こび》を売るような声を出した。中年のでっぷりとした男が姿を見せた。上等な結城紬《ゆうきつむぎ》の着物に羽織を重ねたいかにも大店《おおだな》の商人といった風だ。男は、

「まったくついていないよ」

と、頭を掻《か》いた。

「もう少し粘られたらいかがですか」

男は大きくかぶりを振り、

「やめておく、また明日にするよ。今日は運に見放されたようだ」

と、笑い声を放った。やくざ者は、

「では、明日、お待ち致しております」

やくざ者は腰を折った。男は、

「なら、これで失礼するよ」

と、負けた割には余裕が感じられる声音《こわね》だ。やくざ者は提灯を手渡した。男は提灯で足元を照らした。浪人者が二人背後を固めた。用心棒のようだ。

「よい月だ」

男は風流を愛《め》でるように空を見上げた。次いで、鼻歌を口ずさみ始めた。

「けっ、いい気なもんだ」

京次が言った。

「黙れ」

源之助は肘《ひじ》で京次の脇腹をついた。京次はぺこりと頭を下げ口をつぐんだ。男は用心棒に護《まも》られながら夜道を急ぐ。源之助は京次に目配せした。

京次は腕まくりをし、柳の木陰から飛び出し男を追いかけた。その後を源之助は足音を消しゆっくりと追いかけた。

男はのんびりと歩いて行く。浪人者もどこか気の抜けた様子だった。

京次は足早に男の背後に立った。京次の足音に気づいた浪人が振り返った。男も立ち止まる。

源之助は報徳寺の白壁に張り付き、闇に溶け込んで京次と男のやり取りを窺《うかが》った。

京次は男に向かって、

「ちょいと、話を聞きたいんだが」

と、十手をかざした。二人の浪人が男の前に立った。浪人たちの陰になった男の声が聞こえた。

「なんでございますかな」

声は落ち着いたものだった。

「ちょいと、聞くが、あんた、どちらさんだ」

浪人の一人がすごむように大きな声で、

「そんなことは関係ないだろう」

京次は臆することなく前に出た。男は浪人たちをかき分け京次の前に出た。

「わたしは浅草並木町で呉服問屋を営む恵比寿屋《えびすや》の主で宗五郎《そうごろう》と申しますが、何か御用ですか」

「恵比寿屋の旦那が報徳寺には何のご用向きでいらしたんですかね」

宗五郎は一瞬、口を閉ざした。浪人が京次をねめつける。

「そんなことは関係ないだろうが」

京次はそれを聞き流し、

「こんな夜分にお寺参りでもありますまい」

「それはわたしの勝手でございましょう」

宗五郎は物言いは丁寧だが、不敵に胸を反《そ》らした。その勢いで大きな腹が揺れた。

「ちょいと、番屋まで来て頂けませんかね」

浪人者が京次に向かって、

「失せろ、たたっ切るぞ」

京次はたじろぐことはなく、

「おおっと、こちとら町方の御用を承っているんでえ」

「岡っ引風情が何を申すか。恵比寿屋さんは大奥にも出入りをなさっておられる商人だぞ」

二人の浪人は抜刀した。ここに至って源之助が飛び出した。

「この夜更《ふ》けに往来で刀を抜くとは穏やかではないな」

宗五郎が浪人を諫《いさ》めた。浪人たちは大刀を鞘に戻した。

「これは、お役人さま」

宗五郎は慇懃《いんぎん》に頭を下げてきたがどこか小馬鹿にしたような態度である。源之助は腰の十手を抜き、

「番屋へ来てもらうぞ」

と、宗五郎に突きつけた。宗五郎は薄笑いを浮かべ、

「なんでわたしが番屋に行かねばならないのですか」

「いいから来るのだ」

強い調子で言うと、

「もう夜更けでございます。明日、御奉行所へまいりましょう」

宗五郎は一両小判を差し出してきた。源之助は小判には目もくれず、宗五郎の肩を十手で軽く叩き、

「おい、来いと言ったら来るんだ」

有無を言わさないように野太い声を発した。浪人二人が斬りかからんばかりの顔つきで迫って来た。

「邪魔だ」

源之助は威圧するように険《けわ》しい視線を浴びせた。浪人たちは刀の柄《つか》に手をかける。源之助も右手を大刀の柄にかけた。と思うと、大刀が鞘走り二人の浪人の髷が飛んだ。あっと言う間もない出来事だった。抜く手も見せず、とはこのことだ。田宮流《たみやりゅう》居合免許皆伝の腕が冴え渡った瞬間である。浪人は髷を失くし目を白黒とさせていたが、やがて小さく悲鳴を漏らし、闇に消えた。

「けっ、それでも、用心棒か」

京次がからかいの言葉を投げた。

「行くぞ」

源之助が声をかけると、

「は、はい」

つい今しがたまでの不遜《ふそん》な態度はどこへやら、宗五郎はしおらしくなって応じた。

「頼り甲斐のある用心棒だな」

源之助もつい軽口を叩いた。

高輪台町の自身番に宗五郎を引き入れた。番太が茶を用意した。四畳半の畳敷きで源之助と宗五郎は向かい合った。他に京次と書き役が控えている。

「まあ、茶でも飲みな」

源之助は勧《すす》めたが、行灯《あんどん》の灯りに浮かぶ宗五郎はこれから始まる取り調べに気もそぞろな様子だ。

「あんた、なんで報徳寺に行っていたんだ」

源之助は淡々とした口調で問いかけた。宗五郎はぼそぼそと、

「二年前に亡くしました父の三回忌法要の相談がございましたので」

「あんたは檀家ということか」

「いかにも左様でございます。なんでしたら宗門検《あらた》め帳をご覧ください」

「ま、そのことは信じるとしよう。しかし、こんな夜更けに法事の相談とはな……」

大袈裟に首を捻って見せた。

「それは、昼間は商いで忙しゅうございますので」

「それにしたって、暮れ六つから二刻《こく》（四時間）あまりとはちと長くはないか」

鎌をかけてみた。宗五郎がいつ報徳寺に入ったのかは、把握していない。しかし、
宗五郎は目に見えて動揺を示した。視線を泳がせ額に脂汗を滲《にじ》ませた。

「そ、それは、色々と話もございましたので……」

「どんな話だ」

「死んだ親父の思い出話など」

宗五郎の視線は定まらない。気の小さな男であることは明白だ。

「親父の思い出話な。それを、サイコロの音を聞きながらやっていたのかい」

源之助は睨《にら》みつけた。

「そのようなことするはずはございません」

宗五郎はうつむいた。

「博打をやっていたんだろ。ネタは上がっているんだぜ」

語調を強め、身を乗り出した。宗五郎は身を仰《の》け反《ぞ》らした。

「図星だろ」

腰から十手を抜き、突きつける。宗五郎は懐紙で額の汗を拭い、

「そんなことはございません」

息を乱しながら声を振り絞った。

「あんたも、立派な商人だ。ここらで、罪を白状してきれいな身になったらどうだ。草葉の陰で親父が泣いているぞ」

「ですから、わたしは……」

宗五郎は抗《あらが》うように顔を上げた。源之助は宗五郎の着物の襟《えり》を両手で摑んだ。宗五郎は引き攣《つ》った顔で大きく仰け反った。源之助はいかつい顔をどす黒く歪《ゆが》め、激しく宗五郎の身体を揺すぶった。

「もう一度言う。罪を認めなかったらどうなるかわかっているのだろうな」

宗五郎は気圧《けお》され黙り込んだ。額に玉のような汗が光った。源之助は両手を離し、

「賭場を摘発してからじゃ遅いぞ。そうなったら、店は立ち行かないだろうな。多勢の奉公人は路頭に迷い、おまえは追放、まかり間違ったら遠島だ。それが、自らの罪を認め、お上の賭場摘発に協力したとなれば、お慈悲というものがある。店に害を及ぼさず、手鎖《てぐさり》か科金で済ませられるかもしれん」

一転して柔らかな表情を浮かべた。宗五郎は滴《したた》る汗を拭うことも忘れ、

「まことでございますか」

「ああ、確かだ。どうする」

源之助は自信たっぷりに深くうなずいた。

宗五郎は弱々しく肩を落とし、

「わかりました」

落ちた。

源之助の胸はときめいた。この瞬間ほど喜びに満たされることはない。十五の歳に見習いとして出仕し、二十五年ほどを町方の御用に身を捧げてこられたのは、この喜びを味わいたいがためなのかもしれない。綻びそうになる頰を引き締め、

「よし、ならば、話してみろ。報徳寺の賭場の様子をな」

源之助は宗五郎の茶碗に茶を注いだ。

「賭場は裏庭にある離れ座敷で行われております」

宗五郎は吹っ切れたように語り出した。落ちた宗五郎の語り口は滑らかだった。

四

その日、奉行所に出仕すると早速与力用部屋に出向いた。与力たちは裃《かみしも》に威儀を正し、忙しそうに書類と格闘している。中には小者《こもの》相手に茶飲み話に花を咲かせている者もいた。文机《ふづくえ》に向かっていた年番方与力大野清十郎の傍《かたわ》らに歩み寄り、

「お話が」

と、囁《ささや》いた。大野は文机から顔を上げ、

「どうした。目が血走っておるぞ」

実際、源之助は寝ていない。あれから、宗五郎の自白調書を取り、八丁堀の組屋敷に戻ったのは夜八つ半（午前三時）を過ぎていた。それから、布団に入ったが頭が冴え寝つけない。宗五郎の自白により、報徳寺の賭場を摘発できる。南北町奉行所ばかりか寺社方も追っていた山犬の団吉一味をお縄にできるのだ。これから行われるであろう大捕物に気持ちが高ぶり眠ることができなかった。

とうとう一睡もできないで湯屋に行き、廻り髪結いに月代《さかやき》と髭《ひげ》を剃ってもらい出仕して来た。

大野は用部屋の外に源之助を連れ出した。庭に面した縁側に横並びに立った。庭の白梅が目に鮮やかだが、今の源之助は心動かされることはない。

「実は昨晩、浅草並木町の呉服問屋恵比寿屋宗五郎を捕らえました」

報徳寺の経緯を語った。大野の温和な表情が見る見る険《けわ》しくなった。

「で、その賭場は山犬の団吉が仕切っておるのだな」

「間違いございません」

自信たっぷりに返事をする。

「よく突き止めた」

大野の目は輝いた。

「いよいよ団吉をお縄にしてやれるのです」

「そうじゃな」

「賭場は今日も開かれます。ですから、今晩にも捕方を率いて摘発に向かいたいと存じます」

「わかった。御奉行から寺社方へ捕縛の旨、要請して頂く」

大野も言っているうちに興奮で頬を赤らめた。

「お願い致します」

源之助が頭を下げると、

「さすがは、蔵間じゃのう」

大野は改まった様子で源之助を見た。

「偶々《たまたま》です。運が良かったのですよ。梅大神宮の門前町で団吉を見かけた幸運に恵まれたのです」

「それは、日頃から目配りを怠らないそなたの精進《しょうじん》の賜物じゃ」

「お誉《ほ》めの言葉は、団吉を捕縛してからということで」

源之助は言いながらもつい頰が緩んでしまう。眼前の白梅を美しいと愛でる心にゆとりが生じた。梅見物が功を奏したようだ。そんな源之助に大野は、

「源太郎、しっかりやっておるぞ」

と、笑みを送ってきた。

「お世話になっております。どんどん、しごいてやってください」

「そなたの血を引くだけあって物覚えがよい。精進すれば立派な同心となるだろう」

「早く一人前になって欲しいものでござる。さすれば、隠居などしてゆるりと余生を過ごせますので」

大野はくすりと笑い、

「そなたが隠居などするはずがなかろう」

「いいえ、のんびりとしたいのです」

「三日と休めぬくせしおって。町廻りの仕事がなくなったら、おまえのことだ、居ても立ってもいられなくなり、用もないのに町中を徘徊し出すだろうよ」

大野はからからと笑った。そこに鶯《うぐいす》の鳴き声が重なった。霞がかかった青空から春光が降り注ぎ、縁側は程よく温まって日に日に深まる春を実感できた。

大野が言ったように自分から仕事を取り上げたら何が残るというのか。町廻りこそが生き甲斐、そのために命を賭《と》して務めてきた。町廻りができなくなったら、悪党を捕まえることができなくなったら、弱き庶民の役に立つことができなくなったとしたら……。

想像するだに恐ろしい。

生きていられないのではないか。背筋に寒気が走った。隠居などはしたくない。死ぬまで現役でいたい。捕物の最中に命を落とすというのはどうだろう。名誉の討ち死に。殉職だ。

――いかん――

そんなことを考えていると団吉一味の捕縛に失敗するかもしれない。自分の妄想を振り払い、大野に一礼し玄関に向かった。

玄関を出たところで、

「旦那」

京次が待っていた。

「昨晩はご苦労だったな」

「旦那こそ。おや、寝ていねえでしょう。目が真っ赤だ」

京次は背を伸ばし源之助の顔を見上げた。

「寝られなかったんだ」

「無理もねえや。で、賭場を摘発に向かうことになりましたか」

「ああ、大野さまが御奉行に上申してくださる。寺社方の認可が出次第、捕物出役ということになろう」

「となったら、一眠りなすったらどうです」

「なんの、一晩徹夜したくらいで、どうということはないわ」

源之助は身体をほぐそうと大きく伸びをした。あくびが漏れた。

「無理なすっちゃあいけませんや。いつまでもお若くはありませんぜ」

「余計なお世話だ。それより、町廻りに行くぞ」

「まったく、旦那は御用の虫ですね」

京次は不満そうな言葉を並べたが声は弾んでいた。

五

その晩、五つ（午後八時）を迎えた。月のない春闇の夜である。

報徳寺の裏門に源之助率いる捕方が集結した。源之助は羽織を脱ぎ小袖を尻はしょりにして額には鉢巻を施している。奉行所から出役してきた小者、中間は合わせて十人。各々源之助と同様、小袖を尻はしょり、鉢巻をして、突棒《つくぼう》や刺股《さすまた》を手に緊張の色を目に帯びさせていた。者、中間に混じって京次の姿もある。

寺社方から小検使《しょうけんし》皆川陽之助《みながわようのすけ》が立ち会いに来ていた。小と同格である。寺社の見廻りを主な業務とし、時に町方の助勢を受けて捕物を行ったりもした。

皆川は町方与力の捕物出役と同様の扮装、すなわち陣笠をかぶり、火事羽織に野袴を身に着けている。三十路半ばの神経質そうな男で、それを裏付けるようにやたらと目をしばたたかせていた。

蒼白い顔を神経質そうに歪め、

「蔵間殿、念のために申す。報徳寺で賭博が開かれておるのは事実じゃな」

これまでに、三度も念を押されている。ここに集結して半時近くも過ぎていた。いい加減にうんざりとしたがそこは我慢し、

「間違いございません。しかと、証言も取りましてございます」

感情を押し殺し静かな口調で答えを返した。皆川はしばらく唇を噛んでいたが、

「よかろう」

うなずいて見せたが、その視線はここに至っても迷いを捨てきれないのか、彷徨《さまよ》い続けている。それが証拠にまだ納得がいかないように、

「何せ報徳寺は大奥とも繋がりがある寺でござるからな。万が一にも手抜かりがあってはならん」

源之助を見ずに独り言のように呟《つぶや》いた。早く踏み込まないと捕方の緊張が途切れてしまう。そうなっては、捕物に支障が生じるというものだ。

「では、そろそろ」

源之助はやや強い語調で皆川に迫った。皆川は唾を飲み込むとやっと決心したように、

「ならば、まいる」

と、裏門を叩いた。

「開門されよ。寺社御奉行三村備中守《みつむらびっちゅうのかみ》さまの使いの者である」

しばらくして潜り戸が開いた。小坊主が出て来た。小坊主は皆川と背後に勢ぞろいした源之助たちのものものしい様子を見て驚きに口をあんぐりとさせた。皆川は懐中から書状を取り出し、

「報徳寺において博打が行われているとの証言がある。よって、寺の中を検《あらた》めたい」

小坊主に書状を手渡した。寺社奉行三村備中守正元《まさもと》の署名入りの探索認可状である。

小坊主は認可状を押し付けられ、恐怖のあまり言葉を発することもできないまま寺の中に引っ込んだ。

このまま、待つことはない。待っている間に山犬の団吉一味に逃亡されては元も子もない。京次も目でそれを訴えかけてきた。源之助は躊躇《ためら》わなかった。

「行くぞ」

捕方に向かって手を上げた。京次が、

「御用だ！」

大きな声を張り上げ、御用提灯を右手で高々と掲げた。捕方全員が弾けるように、

「御用だ」と叫んだ。皆川が、

「待たれよ」

哀願口調で源之助に声を放った。が、源之助は聞こえぬ素振りで、

「裏庭の離れ座敷だぞ」

と叫び、自ら先頭を切って境内に身を入れた。捕方も雪崩《なだれ》のように踏み込んだ。源之助が先頭に立って小坊主を追い越し、一路裏庭を目指す。

「蔵間殿、待たれよ」

皆川の声が遠くなっていく。

源之助たちは生垣の引き戸を開け裏庭に踏み込んだ。庭は御用提灯に照らされ薄ぼんやりと様子が浮かんだ。手入れの行き届いた松や桜、梅、紅葉といった季節を愛でられる木々が植えられている。池を挟んで離れ座敷が見える。障子が閉ざされ百目蠟燭の明かりが揺れていた。池の水面は黒ずみ、わずかに小波《さざなみ》が立っている。

春闇の庭は暗い中にも春の温《ぬく》もりがほんのりと漂っていた。

捕方の、「御用だ」という声と足音が静寂を破った。

源之助は十手を抜き、池の端を走り離れの濡れ縁に駆け上がった。捕方も続く。

「御用だ！」

叫ぶと同時に源之助は障子を開けた。直後、

「ああ」

源之助の口から悲鳴に似た声が漏れた。

中で初老の僧侶が一人、立派な身形《みなり》の武士が一人、茶釜を挟んで向かい合っている。確かめるまでもなく茶を喫している様子である。賭場などは開かれていない。サイコロ一つ転がってはおらず、山犬の団吉はおろかやくざめいた男の影とてない。格式あ

る寺院の典雅な茶室があるばかりだ。武士が、

「何事じゃ」

いかにも不機嫌な顔を向けてきた。源之助は声を落ち着かせ、

「北町奉行所です。報徳寺で催されておる賭場の摘発にまいりました」

武士は肩を怒らせ、

「この寺で博打じゃと。夢か幻でも見たか。第一、町方風情が土足で踏み込むとは何事ぞ。しかもこの夜更けにじゃ。我ら茶を喫し、春の夜半を心静かに楽しんでいたものを、その方の無粋なる振る舞いで台無しじゃ」

僧侶はおもむろに、

「拙僧はこの寺の住職妙斎《みょうさい》じゃが、一体、博打とは何事であるのかのう」

「これは、申し遅れました。わたしは、北町奉行所筆頭同心蔵間源之助と申します」

源之助の挨拶に妙斎を遮り、

「拙者、御公儀御小納戸《おこなんど》頭取《とうどり》篠山《しのやま》左兵衛助《さひょうえすけ》である。話は拙者が承ろう。場合によっては、そなたばかりか北町奉行所の責任も問うことになるが、その覚悟はあろうな」

篠山は余裕の笑みをたたえている。御小納戸頭取とは将軍に近侍して身の周りの品々を整える奥向きの役職だ。将軍の側近く仕える役職であることから、大きな権勢

蔑《さげす》みを誇っている。町方の同心ごとき歯牙《しが》にもかけぬどころか、不浄役人めがという蔑みがその表情にははっきりと表れている。

──摘発が漏れたのか──

源之助の自信は足元から音を立てて崩れていった。悔しさと迂闊《うかつ》さが胸を突き上げ、恐怖心は氷のような冷たさで背筋を走る。

蔵間源之助、生涯初めての失態となりそうだ。

それも、北町奉行所の看板に泥を塗るかもしれぬ大失態だ。

第二章　誇り高き左遷

一

結局、これ以上の探索をすることはできなかった。小検使皆川が非礼をひたすらに詫びた。もちろん、詫びて済まされるわけではなく、妙斎から、

「このこと寺社御奉行三村殿に抗議致すことになるが」

「申し訳ございません」

皆川は平蜘蛛のように畳に這い蹲《つくば》った。源之助も為《な》す術《すべ》もなく横で平伏をした。詫びを口から出そうとするが、複雑な思いが胸に渦巻き思うような言葉が出てこない。

だが、現実は自分が失態を犯したことを示している。篠山は威圧的に語調を強め、

「よいか、この寺は畏《おそ》れ多くも公方《くぼう》さまのご側室さま方も参詣をなさる由緒ある寺ぞ。

そのこと、知らなかったでは通用せぬ。然《しか》るべく処罰がなされるものと覚悟せよ」

源之助は己を奮い立たせ、

「お言葉ではございますが、拙者、昨晩、この寺から出てまいりました商人を……」

と、経過説明に努めようとしたが、篠山は頭ごなしに、

「黙れ」

右手をまるで蚊か蠅でも追い払うかのように乱暴に振った。それでも源之助は言葉を続けようとしたが皆川が源之助の着物の袖を引っ張った。これ以上、波風を立てたくはないということだろう。篠山は顔を醜く歪ませて、

「早々に立ち去れ！」

と、怒声を浴びせた。境内の中を探索したいところだが、とうてい叶えられそうにない。

「かしこまりました」

皆川はバネ仕掛けの人形のような敏捷さで立ち上がった。篠山はさらに源之助に向かって、

「立ち去れ、不浄役人めが。これ以上、寺を汚すな」

源之助も屈辱とも思える言葉を受けながらすっくと立ち上がった。部屋を出た。京

次が縁側に駆け寄って来た。その顔は心配を通り越し悲痛なものだった。男前が台無しだぞ、と、こんな時に暢気《のんき》な言葉が頭に浮かんだ。

皆川が、

「撤収だ。即座に撤収せよ」

捕方に命令を下した。捕方はざわめいた。源之助は捕方の動揺を抑えるように柔らかな表情を作った。笑みを浮かべたつもりだが、頬が引き攣《つ》っただけで、かえっていかつい顔を際立たせてしまった。

「ご苦労、事情は追って報せる。今晩はこれで撤収だ」

捕方は捕物の緊張から解放されてほっとするよりは、突然中止になったことへの疑念で不審そうな表情を浮かべながら裏庭を横切って行った。京次もその中に混じった。

源之助と皆川は黙々と離れを後にした。裏門に至ったところで、

「蔵間殿、大変な失態でござるぞ」

皆川は非難めいた物言いだ。

「そうですな」

源之助は衝撃から立ち直り、平常心に戻っていた。しかし、それで事態は収拾されるものではない。ただ、事態を落ち着いた目で見る冷静さを取り戻したに過ぎない。

「そうですな、ではござらん」

皆川は顔が真っ青だ。

「きっと、今晩の捕物が団吉一味や住職殿に漏れたのでござる」

「それで、団吉は姿をくらまし、賭場は跡形もなくなったと申されるか」

「いかにも、それ以外には考えられません」

「しかし、一体、誰が」

「さて、それは」

今のところは見当もつかない。

「かりにそうだとしましても、今更、どうにもできぬ。我らの行いに対し、報徳寺は強い抗議をなさるでしょう。篠山さまがあの場におられたということは、大奥をも敵に回すことになるかもしれぬ」

皆川は肩を落とした。

「ともかく、今日の不首尾、報告に戻ります」

「わたしも、そう致すか」

皆川は歩き出した。

源之助は奉行所に戻った。宿直番の部屋に顔を出すと大野が待っていた。大野は源之助の表情や捕方に捕物を行った形跡が見て取れないことから、不首尾に終わったことを察したようだ。黙って源之助を控え部屋に導いた。

源之助は部屋に入るなり、

「とんだ、失態を演じました」

と、両手をついた。大野は黙っていたが、やがて舌打ちをして、

「いかがした」

その声音は無念さを押し包むようにくぐもっていた。源之助は一瞬、言葉を詰まらせたが、

「小検使皆川殿立ち会いにより、報徳寺に踏み込みましたところ」

一連の経緯を話した。大野は目を瞑《つむ》って聞いていたが、

「事情はわかった」

淡々と答えたものの、いつもの温和な表情はなく思いつめたような顔になっている。

源之助は膝を進め、

「漏れたとしか考えられません」

大野は顔を歪め、

「今更、何を申しても遅い」

源之助は言い訳めいたことを言ってしまったことを悔いた。

「話はわかった。今晩はもう帰れ」

「しかし、このままでは……」

「今晩、これ以上何があると申す」

「ですが」

「帰れ。そなた、昨晩寝ておらぬであろう」

「そうですが」

「帰るのじゃ。わしも帰る。明朝、御奉行に報徳寺の一件は報告申し上げる」

大野はいつもの温和な表情に戻った。

「わかりました」

ここは素直に従うしかない。

「ご苦労であったな」

大野は源之助の労をねぎらい、わずかに笑みすら漏らした。

「まこと、申し訳ございません」

帰る前にもう一度深々と頭を下げた。

組屋敷に戻った。真っ暗である。昨晩は一睡もしていない。今夜も夜九つ（午前零時）を過ぎている。しかし、一向に眠気を感じない。それどころか、気持ちが乱れとても寝つかれそうにはない。

一人、居間に入る。行灯を灯すこともない。夜目に慣れた我が家だ。灯りがなくても不自由はない。森閑とした居間に座っていると、なんともいたたまれなくなった。

杵屋から届けられた酒を思い出した。寝酒を飲むことにしよう。

台所から酒を二合の徳利に移して持って来た。普段から酒を飲むが、飲み過ぎるということはない。二合と決めている。いくら、興が乗った時でも、せいぜい三合を超えることはない。

つまみは必要ないが、口が寂しいと茄子の古漬けを持って来た。部屋の真ん中で胡坐《あぐら》をかき手酌で飲み出した。茄子を嚙む。静寂に茄子を嚙む音が耳についた。

いつもなら、一合も飲めばほろ酔い加減である。心地良い酔いに浸ることができる。しかし、今晩は酔いを感じない。それどころか、頭は益々《ますます》冴え渡るばかりだ。嫌でも報徳寺の一件が脳裏に甦《よみがえ》る。

――どうして漏れた。誰が漏らした――

奉行所で報徳寺を摘発することを知っているのは大野と奉行永田備前守正直《ながたびぜんのかみまさなお》。捕方には奉行所を出るまで伝えなかった。もちろん、京次は知っていたが、京次が裏切るはずはない。

——まさか——

大野だろうか。

いや、そんなはずはない。大野がそんなことをするはずがない。第一、そんなことをして何の得になる。得るものはない。それどころか、源之助と共にその責任を問われるのだ。

「おれは、狂ってしまったな」

大野すらも信じられなくなった自分を情けなくなった。酒をぐびりと飲み込んだ。さらに酒を注ごうとしたが、空っぽだった。

明らかに普段より早い飲みっぷりだ。幾分か気持ちが高ぶった。頭の中は妙に落ち着いている。寝酒と思って飲み始めたのに、これでは、かえって脳を覚醒させてしまったようだ。

もう一本だけ飲むか。

夜風に当たろうと障子を開けた。ほんのりとした風が漂っている。すると闇夜の庭

に蠢《うごめ》く影があった。目を凝《こ》らすと、

「父上、まだ、お休みではないのですか」

源太郎である。

「どうしたのだ」

悪戯《いたずら》が見つかった子供のようにびくっとし、つい、不機嫌な声を出してしまった。

「わたしは、厠《かわや》です」

源太郎は眠そうに目をこすった。

「わしも、もう、寝る」

「昨日も今日も遅いですね」

「お役目であるから仕方あるまい」

「母上も心配なさっておられました」

「だから、申したであろう。お役目なのだから致し方あるまい」

「お身体に気をつけてくだされ」

「おまえは、しっかり、精進せよ」

源太郎はぺこりと頭を下げ、自室に戻って行った。

「暢気なもんだ」

自分はこれからどうなるのだろう。ただでは済まない。処罰が下される。ひょっとして、罷免か。

八丁堀同心を辞《や》め、自分は生きていけるか。

どんよりとした暗黒の空は源之助の将来を暗示しているかのように重々しかった。

二

翌朝、源之助は目が覚めた。頭の中がぼんやりとしている。重い。痛みはないが、澱《おり》のようなものが残っていた。障子を通して朝日が差し込んでいる。

居間だ。

脇に二合徳利が転がっていた。どうやら酔い潰《つぶ》れてしまったらしい。こんなことは初めてである。自分がいかに動揺したのかが実感できた。

あわてて身を起こした。同時にくしゃみが漏れた。

「おはようございます」

久恵が入って来た。怪訝《けげん》な表情だ。当然であろう。源之助が居間で寝ていたのだから。だが、久恵はその理由を問うということはせず、いつものように笑みを浮かべな

がら、

「こんな所で、お休みになっていらしたのですか。遅くまで御用があったのですね」

罪悪感が胸にこみ上げたが、

「まあな」

曖昧《あいまい》に言葉を濁した。

「すぐに、お着替えを」

「ふむ、頼む」

言って、皺《しわ》になった小袖を脱いだ。急ぎ身支度を整えようとしたが、

「まだ、明け六つを過ぎたばかりですよ」

久恵に言われ、寝坊をしたわけではなかったのかと安堵《あんど》した。が、じきに、これから待ち受けるであろう自分への処罰を思うと気が重くならざるを得ない。

今日ほど奉行所に出仕することが嫌な日はない。

「我ながら情けないものだ」

源之助の呟きに久恵はおやっという顔をしたが、すぐに台所に向かった。

「天気はばかによいがな」

自分の気持ちとは裏腹な快晴である。霞がかった青空から陽光が降り注ぎ雀《すずめ》の鳴き

声が妙に耳についた。

奉行所に出仕した。同心詰所に顔を出すと、みなよそよそしい。型通りの挨拶をしてくるが、どこか他人行儀だった。その中で若い同心が、

「昨日はわざわざ、ありがとうございます」

と、杵屋の付け届けのお裾分けに感謝の言葉を述べてきた。牧村新之助《まきむらしんのすけ》という男だ。今年、定町廻りになったばかりである。二十八歳という若々しさだ。新之助の父新之進《しんのしん》には若い頃、ずいぶんと仕込まれた。

その恩返しのつもりで新之助には特に念入りに指導していた。新之助もそれに応え、よく働いている。

「昨晩は大変だったようですね」

新之助は声をひそめた。既に報徳寺の一件は奉行所内に知れ渡っているようだ。

「まあな」

曖昧に答えた。

新之助は捕物出役に出た小者、中間から話を聞いたという。

「抜かったものよ」

つい、愚痴めいた物言いになった。

「蔵間さまが手抜かりをなさるはずはございません。きっと、漏れたのですよ」

新之助は小声で言った。

「まあ、そのことは、もう、申すな」

そのことには触れないでおこうと思ったが、

「わたしは、寺社方で漏れたのだと思います。きっと、大奥に関わりのある報徳寺を摘発することは躊躇《ためら》われたのです」

「めったなことを申すな」

新之助はそれでも、気が治まらないようで何か言いたげだったが、小者が、

「蔵間さま、大野さまがお呼びでございます」

と、声をかけてきたのでそのまま口をつぐんだ。

「さて、と」

源之助は大きく息をついた。新之助は心配そうな顔を向けてくる。

「ま、なるようにしかならんさ」

この言葉は嘘偽りのない心境だ。実際、源之助は覚悟を決めていた。自分は正しいことをしたと思っている。町方の御用を承る者として当然のことをしたのだ。そのこ

とで後ろ指をさされることはない。

結果、このような事態となった。そのことの責任は負う。

そう覚悟できた。たとえ、どのような処分が下されようとそれを受け入れよう。

「じゃあ、町廻りしっかりな」

笑顔を新之助に送り、背筋を伸ばして与力用部屋へと足を向けた。


与力用部屋に入ると、予想していたこととはいえ、重苦しい空気が漂っていた。みな、うつむき加減に黙々と文机に向かっている。源之助のことを見て見ぬ振りをしている。一人、大野だけが、

「ご苦労」

と、声をかけてくれた。

「おはようございます。昨晩はお疲れさまでございました」

「うむ、ゆっくりと眠れたか」

「はあ」

大野はしばらく源之助の顔を見ていたが、

「さて」

と、腰を上げた。次いで耳元で、

「御奉行の所へまいる」

「承知しました」

二人は廊下を奥に進んだ。大野は既に奉行永田備前守に報徳寺の一件を書状をもって報せていた。

二人は言葉を交わすこともなく黙々と廊下を進み永田がいる用部屋の障子の前に座った。

「失礼致します」

大野が声をかけると、

「入れ」

というやや甲高《かんだか》い声が返された。源之助の胸に緊張が走る。永田と直接言葉を交わしたことはこれまでに何度もあり、珍しいことではないが、いずれも短く儀礼的なものである。今回のような大きな問題については皆無と言っていい。

大野は障子を開け、中に身を入れた。源之助も続く。永田はいつになく厳しい顔をしていた。登城を前に裃《かみしも》に威儀を正している。

「書状は読んだ」

永田は短くそう言った。

「申し訳ございません」

大野が両手をついた。源之助も平伏をする。永田はしばらく黙っていたが、

「なんとも手抜かりなことであったな」

と、言ってから二通の書状を大野の前に置いた。

「篠山殿と妙斎殿からじゃ。早速、送ってまいられたわ」

永田は薄く笑った。大野は小さく頭を下げてから書状を手に取った。無言のまま読み終えると源之助に回した。源之助も黙読をした。篠山も妙斎も北町奉行所の行いを横暴となじり、賭場が開かれていたなどという濡衣《ぬれぎぬ》を着せられたとあっては言語道断としている。激しい論調の抗議文だ。結びとしては、関係者の厳正な処分を求めていた。

「これから、登城する。寺社奉行三村さまとこの問題については協議することとなろう」

永田は声を荒げたりはせず、乾いた声音で告げた。感情を押し殺しているのだろう。

「畏れながら申し上げます」

大野が進み出た。

「ふむ」

永田は静かに顎を引いた。大野が言上する前に源之助は我慢がならなくなった。

「今回の失態はひとえにわたくしにあります。どうか、わたくしに厳正な処分をお下しくださりませ」

たちまち大野が、

「その方は黙っておれ」

強い口調で言うと永田に向き直り、

「蔵間に非はございません。蔵間は然るべく探索を行い、証言を取り、わたくしに上申したのです。それを判断したのはわたくしです。わたくしが捕物出役を命じたのです」

永田はしばらく考えていたが、

「ところが、現実はこの様《ざま》だ。おまえたちの処分云々《うんぬん》は、今は保留と致す。ともかく登城して三村さまと協議してからとなろう」

と、腰を上げた。それからおもむろに、

「下がってよいぞ」

源之助は大野を見た。大野はうなずくと、

「失礼致します」

と、平伏した。

「畏れ入ります」

部屋を出たところで源之助は大野に言った。大野は、

「なんの、気にするな」

いつもの温厚な表情である。その顔を見ていると、なんとも言えない安心感が胸に広がった。頼り甲斐のある上役を持ったことを心の底からうれしく思った。

「いずれにしても、御奉行が戻られてからじゃ。それまでは、どうすることもできん」

「はあ」

「どうした。そんなに思いつめるな」

大野に肩を叩かれた。

「申し訳ございません」

「先にも申したが今回のこと、そなたに非はない」

「はい」

そのことは自信を持って言える。

「ならば、町廻りの仕事を続けよ」

「わかりました」

わだかまりがすっきりとしたわけではないが、今日のところは気力が甦った。

「では、これにて」

足早に廊下を進む。鶯の鳴き声がようやく耳に入ってきた。

三

詰所の前まで戻った時、

「蔵間殿」

と、背後から声をかけられた。振り返ると白髪頭の小柄な老人が立っている。源之助同様に縞柄の小袖を着流し、黒紋付の羽織を重ねているが、巻き羽織にはしていない。町方の同心には違いないのだが、見覚えはなかった。

北町奉行所の事務方の同心なのだろうかと記憶の糸を辿っていると、

「南町の山波でござるよ」

老人は顔中を皺くちゃにした。山波、どこかで聞いた覚えが。しかも最近のことである。そうだ、思い出した。

山波平蔵。両御組姓名掛という暇な部署の同心だ。源太郎が見習いで行っていたと話を聞いたばかりだ。

「これは、山波殿。倅がお世話になりました」

礼を尽くすべく腰を折った。

「いやあ、蔵間殿はまことに良いご子息をお持ちでございますな」

山波は人の良さを、そして閑職に身を置くことをあたかも表すかのように好々爺然とした風貌である。

「大してお役に立てなかったのではございませんか」

「なんの、大いに助かりました。これで、我が部署、色々とやることがございましてな」

それが、どんな仕事なのかはわからないし、聞きたくもなかったが、山波は上機嫌で語り始めた。聞くともなしに聞いたところによると、要するに源太郎は大掃除をしたらしい。

「この歳ですので、なかなか、部屋の隅々まで掃除をするのが億劫《おっくう》なのです。書棚は天井に達するほどで年寄りには辛《つら》い。そこで源太郎殿に頼んだ次第でござる。源太郎殿は嫌がりもせず、一生懸命に雑巾やらはたきやらをかけてくださいましたぞ」

「それは、それは」

実際、どうでもいいような仕事だ。

「ところで、今日はいかがされたのですか」

話を切り上げようとした。

「わしももう歳ですのでな。隠居したいと思いまして。それで、後任を選んでいただこうと、大野さまに挨拶にまいったのでござる。今度は北町でお願いしたいと思いましてな。もっとも、正式な人事は御奉行を通じてということになりますが、今日はその下地を作っておこうということでござる」

山波はにっこり笑った。

「そうですか、それでは、わたくしは、これで」

「いや、お引き止めして申し訳なかった」

山波は春の長閑《のどか》さを体現したような男だった。

奉行所の長屋門脇の潜り戸を出たところで京次が待っていた。京次は心配そうに駆け寄って来た。

「どうした」

わざと快活な声を放つ。

「決まっていますよ。報徳寺の一件です」

京次はやさ男然とした顔を不安そうにくもらせ、目を小刻みにしばたたかせた。

「御奉行が下城されてからだ。それまでは、どうすることもできん。町廻りに行くぞ」

京次はうなずき、

「わかりました。くよくよ考えていたってしょうがないですよね」

「そういうことだ」

「なら、いっそ、もう一度、高輪台町まで足を伸ばしますか」

「もう一度、恵比寿屋宗五郎を調べるということか」

そのことは気になっていたところだ。

「まさか、宗五郎が漏らしたとは思えませんが。あいつに然るべき場所で、たとえば評定所で証言させれば、こっちだって、無闇やたらと報徳寺に踏み込んだんじゃないってことがはっきりしますぜ」

京次に言われるまでもなく、

「そういうことだな」

闘争心に火がついた。


自身番にやって来た。腰高障子を開けた。中は平穏な空気が漂っている。番太と書き役が将棋をさしていた。源之助を見るなり、

「これは、ご苦労さんです」

番太がのんびりと挨拶をしてきた。中に入り、板敷きを見た。がらんとしている。胸騒ぎがした。

「宗五郎はどうした」

番太は将棋の手を止め、

「寺社御奉行三村備中守さまのお使いがいらっしゃいましてね、連れて行かれましたよ」

と、なんでもない調子で答えた。

「三村さまが」

京次が首を捻った。

「寺社方で、もう一度吟味をし直すということか」

源之助が問うと、

「それならそれで、一言《ひとこと》町方に連絡してもよさそうなもんじゃないですかね」

京次は非難めいた物言いをした。

「まったくだな」

源之助も浮かない気持ちにならざるを得ない。

「あの、いけませんでしたか」

番太は二人の不愉快な態度を気にしてか、首をすくめた。

「いや、おまえが悪いわけじゃないさ」

源之助は表に出た。

「これで、どうなりますかね」

京次は不安げな様子だ。

「宗五郎は実際に罪を認めたんだ」

源之助は自分に言い聞かせるように強い調子で言った。

「そうですよね」

京次も自身を納得させているかのようである。二人はそれから、町廻りを行ったが、どちらも口数が少なく、気まずい空気を抱きながら奉行所に戻った。

奉行所に戻ると詰所には顔を出さず、与力用部屋に向かった。源之助が姿を見せるとそれまで話をしていた与力たちが口を閉ざした。大野の姿を探し求めたが見当たらない。側《そば》の与力に、

「大野さまはどちらでございますか」

与力は源之助の顔を見ることもなく、

「組屋敷に戻られた」

と、めんどくさそうに答えた。

「御奉行はお戻りになられたでしょうか」

問いかけを重ねると、

「存ぜぬ」

ぶっきらぼうに返されるだけだ。誰も源之助と関わりを持とうとしないことは冷え切った空気が如実に物語っていた。

ひとまず、帰るか。

まだ、処分が下らなかったのだろう。おそらく寺社奉行三村備中守が宗五郎を取り

調べ直しているに違いない。処罰はそれが済んでからだ。

「失礼致しました」

挨拶をして部屋を出た。期待をしていたわけではないが、誰も返事をしてくれなかった。

胸にわだかまりを残しながら屋敷に戻った。いつもの通り玄関の式台で三つ指をついた久恵に迎えられた。

「着替える」

そう一言告げ、大刀を手渡した。久恵は笑みを浮かべ黙々と従う。居間に入ると、源太郎がいた。その顔を見ると、不思議と気分が和《やわ》らいだ。羽織を脱ぎ、久恵に渡す。久恵は奥から着替えの小袖を持って来た。素早く着替えた。思い出したように、

「今日、南町の山波殿と会った」

午前中に山波と偶々会ったことを話した。源太郎は顔を輝かせた。

「おまえのことを誉めておられたぞ」

「別段、誉められるようなことはしていないのですが」

源太郎は首を捻った。

「たいそう熱心に掃除をしたそうではないか」

「そうでもないのです」

「山波殿はそう申しておられた」

「いつも、母上を手伝っておりますのであれくらいなんでもありません」

「いずれにしても、人から喜ばれることをするのはよいことだ」

「ありがとうございます」

源太郎はうれしそうだ。そこへ、久恵が、

「夕餉をお持ちしましょうか」

「そうだな。頼む」

そう言えば、一昨日の晩からまともに食べていない。夕餉を食べ損ない、夜鳴き蕎麦で空腹を満たした。それからは、捕物に気を取られ、捕物出役の後は失態が頭を離れず満足な食事をしていないのだ。

「では、早速」

久恵は出て行った。源太郎も手伝うべく居間を出た。そんな源太郎を見てふと自分はこれまで間違っていたのではないかと思えてきた。

家を省《かえり》みることなくがむしゃらに御用を務めきた。それが、自分の役目なのだと少しの疑問も抱かなかった。現に久恵は愚痴《ぐち》一つこぼすこともなく従順に仕えてくれる。源太郎も素直に育った。源太郎はきっと自分の背中を見て育ったに違いないと思っていた。それだけに、誠実なのはいいがおとなし過ぎる源太郎に物足りなさを感じていた。

だが、源太郎を育てたのは自分ではなく久恵であった。久恵はそのことを誇る気持ちなどないだろう。それどころか、育てたなどとも思っていないかもしれない。しかし、御用にかまけて源太郎の相手をろくにしなかった分、久恵はしっかりとした教育を施してくれていたのだ。八丁堀同心として、一人の武士として……。

そんな思いを馳せていると、思考を中断させられるようなあわただしい足音がした。興《きょう》が冷まされ、「静かにせよ」と注意をしようとした時、源太郎が深刻な顔で、

「大野さまが亡くなられました」

と、告げた。

何を言っているのかわからなかった。返事をしないでいると、源太郎はもう一度、

「大野さまが亡くなったそうでございます」

今度ははっきりとした声音で言った。

四

「大野さまが……」

源之助の口から押し殺したような声が漏れた。耳を疑うとはこのことだ。受け入れられない。だが、源太郎がそんな嘘をつくはずはない。

「何故《なにゆえ》亡くなられた」

訊きながらも頭の中では答えを導き出している。大野のことだ、自刃したのではないか。今回のことで一身に責めを負ったのではないか。

源之助自身、いかつい顔から血の気が引いていくのがわかる。肩が落ち、全身が粟立ち震えが始まった。源太郎はそんな父を気遣うように、

「申し訳ございません。ただ、亡くなられたとだけしか……。たった今、大野さまのお屋敷から使いがまいったのです」

「そうか……」

ともかく屋敷に行かねば。

源之助は羽織を重ね玄関に向かった。久恵が心配そうな顔を向けてくる。源之助は

うなずき返し、黙々と玄関を出た。

夕闇の風は透き通るように冷たく鳥の鳴き声が寂しさを誘う。様々なことが脳裏に去来する。大野はいつも温和な表情だった。

――大野さま、わたしのせいですか――

大野の組屋敷に着いた。与力の屋敷は同じ八丁堀にあるが、敷地は同心のそれの三倍、三百坪である。門も同心屋敷のような木戸門ではなく冠木門《かぶき》が構えられている。屋敷はひっそりとしていた。門は開けられているが脇の潜り戸から身を入れ、母屋まで延びた石畳を伝い玄関に至った。格子戸を開け、訪《おとな》いを告げる。大野の女房菊代《きくよ》が出迎えた。

「ご苦労さまです」

菊代はうつむき加減ながら毅然《きぜん》とした態度である。さすがは、与力の女房を思わせた。かける言葉を探しあぐねている間に、どうぞと案内に立たれた。廊下を奥に進み、庭に面した座敷に通された。

部屋に入ると白布を顔にのせた大野の亡骸《なきがら》が布団に寝かされていた。部屋の中を眺めると一人の男がいた。内与力米原格之進《よねはらかくのしん》である。内与力は町奉行所に属するのではなく奉行個人に仕える。つまり、奉行の家来である。奉行と奉行所役人の橋渡し役を務める。

米原は永田の代理として来ているのだろう。源之助は亡骸の枕元に座り、両手を合わせた。頭の中に浮かぶ言葉は詫びばかりである。ひとしきり言葉をつらねたところで、米原が、

「自刃《じじん》された」

と、一言つぶやいた。

やはりだ。今回の責任を一身に負ったに違いない。息子の重三郎《じゅうざぶろう》が入って来た。源之助や米原の手前、涙を見せていないが唇をぐっと噛み締めていた。目下、見習い与力として出仕している。重三郎に頭を下げてから米原に向かい、

「今回の一件ですか」

と、問うと米原はすっくと立ち上がり源之助を促した。源之助も従う。二人は部屋の外に出た。縁側に座る。夕暮れに庭が茜に染まり草木が風に揺れ、もの悲しい音を立てていた。

「御奉行から大野殿は病死として扱うこと、と固く命じられた」

米原はまず、そのことを言った。

「わかりました。まずは、事情をお聞かせくださりませ」

米原は黙って一通の書状を取り出した。大野が永田に宛てた文である。源之助は食い入るように読んだ。

そこには、今回の報徳寺の不首尾についての詫びが記され、ついで一切の責任は自分にあり、源之助は自分の命令で動いただけだ。お慈悲をもって欲しいと記してある。その一字、一句が胸に迫り、自然と目頭《めがしら》が熱くなった。読み終える頃には両の瞼《まぶた》から涙が溢《あふ》れ、頬を伝った。

懐紙で涙を拭い、

「報徳寺の一件ですが、わたしが挙げた恵比寿屋宗五郎を寺社御奉行三村備中守さまがお取り調べになっておられるとのことですが」

高輪台町の自身番に行った経緯を話した。米原は、

「それだ」

と、鋭い声を返した。

「いかがなったのですか」

「実は、昼過ぎ三村さまからの使いが御奉行にあった。それによると、宗五郎はおまえに濡衣を着せられたと申しておるそうだ」

米原は表情を消した。

「そんな……。どういうことですか」

「宗五郎は、報徳寺にあくまで法事の相談に行っていたに過ぎない、と証言した」

「しかし、それは……」

つい、強い口調で抗議をしてしまった。米原は薄い唇をわずかに曲げ、

「それは、そなたに脅されて無理やり調書を取られたのだと申しておるのだ」

冷然とした口調で告げた。

「そんな馬鹿な」

拳を握り締めた。

「三村さまは宗五郎の言い分をお取り上げになられた」

「では、宗五郎の身柄はいかがなったのですか」

「お解き放ちだ」

「ということは、今回のことはいかになるのでしょう」

「町方が山犬の団吉一味捕縛に焦るあまり、ありもしない賭博の疑いを報徳寺にかぶせた、ということだ」

「それでは、わたしは罪人ではありませんか」

「そうなってしまう。それに、激しく抵抗されたのが大野殿じゃ」

「大野さまが……」

「大野殿は御奉行にそなたの無実、そなたの取り調べの正当性を訴えた。三村さまの宗五郎吟味は断じて受け入れがたいと拒《こば》まれた。しかし、報徳寺とは相手が悪い」

「つまり、相手は大奥を味方につけておるということですか」

「そういうことよ」

米原は皮肉げに笑った。

「それでは、大野さまはわたしをかばって自刃なされたのですね」

「そなたばかりではない。いわば、町方の威信を守ったのだ。つまり、自分が腹を切ることで事を納めようとした」

「おのれ」

悔しさと無念さが胸に渦巻いた。

自分が死ねばよかった。自分が切腹すべきだった。

「ともかく、事はこれで収まる。大野殿は急な病で亡くなった。大野家は存続だ。そなたには御奉行から沙汰が下される。おそらくは、両御組姓名掛へ異動することになろう。丁度《ちょうど》、南町の山波が隠居を願い出ている。近々、席が空く」

姓名掛とは……。自分が馬鹿にしていた役職ではないか。よりによってそんな役職に。それなら、いっそ首になったほうがいい。

「わたしを罷免にしてください」

「それは、できん」

「しかし、今回の失態はわたしが招いたこと」

「ならん」

米原は言葉に力を込めた。

「しかし……」

尚も抗おうとする源之助を、

「御奉行は大野殿の自刃とそなたの閑職への左遷で三村さまと話をつけられた。今更、それを破ることはできん。そんなことは北町奉行所の体面にかかわる。奉行所の体面ばかりではない。大野殿の死も無駄になるのだぞ」

そこまで言われては、従うしかない。自分の気持ちだけで自暴自棄に走ってはならないのだ。

源之助は唇を嚙み締め部屋に戻った。まだ、大野の死は永田と源之助以外に報せていないという。

通夜は改めて連絡がされるということだった。

屋敷に戻った。

久恵と源太郎を居間に呼んだ。朧月《おぼろづき》の柔らかな光と行灯の灯りがぼんやりと部屋を包み込んでいる。

久恵も源太郎も源之助のいつにない思いつめた様子に笑顔はない。固く口を閉ざして源之助の言葉を待っていた。源之助はどう話を切り出そうかと思案を巡らせた。役目上の失態により、左遷される。その現実をどう話せばいいのだ。

――取り繕っても仕方ない――

現実を話すしかない。自分は決してやましいことをしたわけではないのだ。

源之助は二人の顔を交互に見た。それからおもむろに、

「このたび、役目失態により、筆頭同心を下りることになった。両御組姓名掛へ異動となる」

久恵はわずかに驚きの表情を浮かべ、源太郎は、「ええっ」と小さな声を漏らした。

「失態の詳細は申すわけにはまいらんが、筆頭同心として、定町廻り同心としてあるまじき失態をしでかしてしまった」

話しているうちに身体が小刻みに震えた。妻と息子に話すことで、左遷が現実とな

って迫ってくる。これまでやってきたことが無意味に思え、半生《はんせい》が空虚に感じられた。

悔し涙で視界が閉ざされた。久恵と源太郎がぼやけて見える。

己の取り乱し様を二人に晒《さら》すまいと涙がこぼれないよう天井を見上げた。

「お役目、ご苦労さまでございます」

久恵の声がした。視線を二人に戻すと、久恵の微笑があった。肩の荷が下りたような安堵感が胸に広がった。ささくれ立っていた心が丸みを帯びた。

「父上、わたしは、父上がどのような掛になろうが父上を誇りに思います」

源太郎は身を乗り出した。

「どうか、胸を張ってお務めしてください」

久恵が言った。

仕事に口を出したことなどない久恵であるだけに、その言葉は胸にずしりとありがたかった。源太郎も、

「わたしも父上の息子であることを誇りに務めます」

「すまん。……」

それ以上、言葉が続かない。涙が堰《せき》を切ったように両の瞼からあふれ出た。

胸の中に悲しみや悔しさはなく、うれしさでほんわかと温かくなった。

第三章　居眠り番出仕

一

久恵も源太郎も胸を張って出仕してくださいと言葉をくれた。自分もそのつもりである。と、そうした思いで奉行所までやって来た。長屋門脇の潜り戸から身を入れる。詰所に向かう。格子窓から中を覗くと牧村新之助の他、誰もいない。わずかにほっとした気持ちになった。正直、部下たちの顔を見るのが辛い。その点、新之助なら気心も知れ幾分か気が楽というものだ。

詰所の中に入り、

「みな、もう町廻りに出たのか」

これまでと変わらない口調で問いかけると、

「蔵間さまのことを気遣って、早めに出ました。顔を見るのが辛いのですよ」

「そうか」

うれしくもありこのような境遇に陥ってしまい、恥ずかしくもあった。

「みな、蔵間さまの行いは正しいと言っております。ですから、我ら、連判状を御奉行に提出しようと話しておったところです」

「それは、やめろ」

新之助は意外そうに目をしばたたき、

「何故ですか」

「もう、そのことは決着がついたのだ」

同心が奉行の沙汰に抗議の連判状を出すなど許されることではない。そんなことをすれば、奉行所は大変な騒ぎとなる。老中の耳にでも達すれば、永田は町奉行を罷免されるかもしれない。処分は永田ばかりではすまないだろう。同心たちにも何らかの処罰が下るに違いないのだ。

事を荒立ててはならない。第一、大野の苦労が水の泡だ。

「断じてそんなことをしてはならん」

「実は、夕七つ（午後四時）に蔵間さまをみなが待っておるのです。日本橋長谷川町の蕎麦屋福寿庵です」

「わしを待っておるだと」

悪い予感がする。

「わたしは、お連れするよう言われました」

「そんな所に行ってどうする」

「みなで、御奉行に抗議致しましょう」

「ならん」

しかし、新之助は聞き入れず、

「夕七つですよ」

「それでは、一揆《いっき》を起こすようなものだ」

「一揆ではございません」

新之助は力強く首を横に振った。

「いや、同じことだ。町方の役人が人事のことで御奉行に叛旗《はんき》を翻《ひるがえ》すなどあってはならない」

「でも」

新之助は唇を嚙んだ。きっと、同心たちから強く申しつかっているのだろう。源之助が行くと了承しないことには引くに引けないに違いない。

「わかった。顔を出すことはしよう」

「ありがとうございます。みな、喜びます」

強張《こわば》っていた新之助の頰がわずかながら緩んだ。

「但《ただ》し、話を聞くだけだ」

「わかりました」

源之助はふと思いついたように、

「そうだ。おまえに頼みがあるんだが」

「なんなりとお申しつけください」

新之助は声を弾ませる。

「おれが使っている京次のことだ」

「歌舞伎の京次ですか」

「そうだ。おれが定町廻りを外されたらもう岡っ引の御用はできない。腕のいい男だ。このままやめさせるのはいかにも勿体《もったい》ない。おまえ、京次を使ってくれないか」

「はあ、それは、かまわないですが、京次が承知しますかね」

「大丈夫だ。おれが話す。そうだ、早い方がいい。今から一緒に来い」

源之助は詰所を出た。それを追いかけるように新之助もついて来る。

源之助は新之助を伴い、神田三河町にやって来た。京次の住まいは三河町で骨董屋を営んでいる蓬莱《ほうらい》屋久六《やきゅうろく》が家主の長屋にある。横丁に面した三軒長屋の真ん中だ。家に近づくと粋な三味線の調べが聞こえた。と、思ったら、突然三味線はやみ、代わりに何やら物音がした。さらには、

「この、浮気者」

女の甲走った声が聞こえてくる。

新之助は目を白黒とさせた。源之助は、

「やってるな」

おかしそうに肩を揺すり格子戸を叩いた。

「入るぞ」

声をかけると、女の声がやんだ。やがて、格子戸が開けられ、

「こりゃあ、旦那」

京次はばつが悪そうに薄ら笑いを浮かべ出迎えた。土間を隔てて見える八畳間に女がいる。

「取り組み中か」

源之助が問いかけると、

「いえ、なんでもありませんや」

京次は新之助に気づき威厳を保つように、

「お峰《みね》、旦那方に茶を淹《い》れな」

と、声をかけた。お峰は不貞腐《ふてくさ》れたように頬を膨《ふく》らませながら土間に降り立った。

「まあ、汚え所ですが、上がってください」

京次に誘われ部屋に上がった。お峰に聞こえないように、

「揉《も》めた原因はこれか」

源之助は小指を立てた。京次はニヤリとして、

「女の勘にはかないませんや」

京次がもらった恋文をお峰に見つかったようだ。

「まったく、よくやるよ」

源之助は新之助を見た。新之助は困ったような顔である。お峰が茶を運んで来た。夫婦喧嘩の真っ最中を見られてしまったことに対しての後ろめたさがあるのか伏し目がちに茶を置くと、その場を離れ襖で隔てられた奥の部屋に入った。京次は閉じられ

た襖を眺めつつ、

「気が利かねえ野郎なんですけどね。そういうことだけは、妙に鼻が利きやがって」

「相手はどんな女だ」

「それが、あいつが稽古をつけている娘でさあ」

京次は悪びれる様子もない。

「それはちとまずかろう。弟子に亭主を寝取られたんじゃ、おかみさんが怒るのも無理ないぞ。早速、その娘を出入り止めにするだろう」

源之助はいかつい顔をしかめ襖を一瞥《いちべつ》した。

「それが、そうでもねえんで。なにせ、相手は大店の娘なんでね。何かと付け届けには事欠かないんですよ。いい金蔓《かねづる》になっているってわけでして、出入り止めなんかにしませんや。それどころか、素知らぬ顔で稽古をつけますよ」

「お峰、なかなかしっかりしてるな」

「その分、あっしに怒りが向けられることになりますがね」

京次は肩をそびやかした。源之助はひとしきり笑ってから、

「で、今日の用事なんだがな」

切り出した源之助の表情が強張ったのを京次は素早く読み取ったようで、

「おい、旦那方にお茶請けの菓子を買ってきな」

と、襖越《ふすまご》しにお峰に声をかけた。お峰は無言で外に出て行った。お峰に聞かせてはよくないと判断したようだ。源之助は背筋を伸ばし、

「実はな、おれは定町廻りを外《はず》れることになった」

京次は厳しい目で、

「報徳寺の一件が原因ですかい」

「そういうことだ」

「なんてことだ」

京次の端正な顔が歪んだ。

大野が自刃し、自分は両御組姓名掛に左遷されたことを話した。

「とんだことになっちまって」

京次はうなだれた。

「おまえが悪いわけじゃないさ」

源之助の表情はさばさばとしたものだ。

「ですがね、どうも、納得いきませんや」

京次なりに苦悩を背負い込んでいるのだろう。

「それでな、京次、この新之助の下でこれまで通り岡っ引をやってくれ」

新之助も、

「頼む」

軽く頭を下げた。

「でもね、旦那にばっかり罪を背負わせて、あっしがこれまで通りというのは」

と、京次は抵抗を示した。

「おれに遠慮することはない」

「遠慮ではなくて、けじめと言いますか。あっしは、旦那に拾われて十手を預かりました。旦那以外にお仕えするというのは……」

京次は唇を噛んだ。

「おまえは、十手を預かりこれまでに町方の御用を務めてきた。たくさんの悪党をお縄にする手助けをしてきたんだ。だから、これからも奉行所のために役立って欲しい。この新之助はおれが若い頃から見込んできた男だ。おれに代わって仕えてくれないか」

源之助は頭を下げた。京次は泡を食ったように、

「おおっと、旦那。どうかお手を上げなすってください」

新之助が、

「頼む。わたしは蔵間さまには到底及ばないが、その心は受け継ぎたい。そのためにも蔵間さまの身近で共に働いたおまえと一緒に御用をしたいのだ」

京次はしばらく黙っていたが、

「わかりました。こんなあっしでお役に立てるのなら、どうか使ってください」

神妙な表情を浮かべ新之助に頭を下げた。

「なんだか、しんみりしてしまったな。ま、そう、堅苦しく考えず、これまで通りやってくれ」

源之助はわざと快活に言った。

そこへお峰が帰って来た。京次は首を伸ばし、

「何を買ってきたんだ」

「塩大福さ」

お峰は微笑んだ。笑うと八重歯が目立ち、目元が妙に色っぽかった。

「旦那、お身体を大事になすってくださいよ」

「暇な部署だ。身体を壊すような仕事はないだろうさ」

「自棄《やけ》を起こさないでくださいね」

「わかってるさ」

言いながらもどうしようもない寂寥《せきりょう》感に包まれた。

二

源之助は新之助に伴われ日本橋長谷川町にある蕎麦屋福寿庵にやって来た。黙って、二階の座敷に上げられた。そこには、定町廻り、臨時廻り、さらには隠密廻りまでが揃っていた。総勢十四人だ。

「おお、みんな、揃っているな」

源之助は大袈裟に胸を反らし驚いてみせた。しかし、みなは口を固く閉ざし、緊張の表情を崩さずにいる。

「まあ、そう、固くなるな」

源之助はよっこらしょと言葉に出しながら胡坐をかいた。みなにも膝を崩すよう勧める。みな躊躇っていたが、顔を見合わせながら各自、楽な姿勢を取った。

新之助がみなを見回し、

「今朝、みなの思いは蔵間さまにはお伝えした」

何人かが、

「我ら、このたびのこと、納得できませぬ」

「断固として立ち上がります」

「共に戦います」

その言葉で、みな興奮に身を震わせた。源之助は目を瞑《つむ》って聞いていたが、
いかつい顔で部屋を眺め回した。みな、口を引き結んで源之助に視線を向けてきた。

言葉を飲み込み、源之助の意見を待ち受けている。

「みなの気持ちはわかった」

「みなの気持ち、感謝する」

頭を下げた。小さなざわめきが起きた。

「だが、みなの気持ち通りに行うことはできない。わしは、失態を犯したのだ」

「いや、それは」

抗う者が出たが、それを厳しい目で制し、

「いかなる事情があれ、失態に変わりはない。与力大野さまが身を以《も》って奉行所の沽《こ》
券《けん》を護ってくださった。ここで、わしの意地を通すため御奉行に抗議をすることは、
その大野さまのお気持ちをないがしろにすることとなり、さらには、取りも直さず、

反逆に他ならない」

源之助は一言、一言をみなの心に刻み込むように搾《しぼ》り出した。みなうつむいた。

「よいか、わしは失態を犯したにもかかわらず、奉行所の務めを続けることができる。いわば、お慈悲を受けた身だ。お慈悲を受けながら、そのことに異を唱え、抗議の声を上げるなど武士ではない。わしはこれでも武士の端くれだ。それくらいの気概は持っておるぞ」

源之助は快活に笑ってみせた。沈黙が続いた。新之助が、

「みんな、一番悔しい思いをなさっておられるのは蔵間さまだ。その蔵間さまがこのようにおおせなのだ。ここは、蔵間さまの申されることを聞こうではないか」

新之助の目は涙で腫れていた。

部屋の中にすすり泣きが響き渡った。

「わかってくれたな」

源之助は笑みを浮かべた。静かな笑みだった。返事を聞かなくてもみなが理解してくれたことは肌で感じられた。

「そんなしんみりとなるな。せっかくの座敷だ。酒でも飲もうではないか」

源之助が言うと、新之助が階段に向かって、

「酒を運んでくれ」

源之助も、

「さあ、飲め」

続いて新之助が、

「そうだ。今晩は蔵間さまの送別の宴だ」

と、はしゃいだ声を出した。

「送別の宴か、それはいい」

みなの中からも弾んだ声が上がった。

「蔵間さま、飲んでくださいね」

新之助に言われ、

「そうだな」

やがて、酒が運ばれた。同心たちが次々と源之助の前に酌をしに来た。一人一人が感謝の言葉をかけてくる。源之助も感謝の言葉を返す。話しているうちに様々な思い出が脳裏を駆け巡った。

一人一人の顔を見ていると、この仲間たちと別れねばならないのかという寂しさが嫌でもこみ上げてくる。つい、杯を重ねてしまう。口数も多くなった。

源之助のいかつい顔がいつになく柔らかみを帯びた。

いくら飲んだのかわからない。定量と決めている二合などあっと言う間に過ぎ、どれほどになるのだろう。自棄酒にはしたくない。今宵だけは楽しく飲みたい。でないと、今まで自分がしていた御用が無駄になるような気がした。自分は懸命に御用をしてきたのだ。そう自分に言い聞かせて心地良い酔いに浸りたいが、なんとも言えない寂しさと悔しさは抑えがたい。

窓から望む半月はどこか悲しげだった。夜風も肌に染みた。

――おまえら、しっかり、御用をせよ――

そう胸の中で告げた。

源之助は酔った。したたかに酔った。かろうじて歩いていられるが、千鳥足である。酔っ払いの常として、

「大丈夫だ」

とか、

「心配ない」

あるいは、

「酔ってなどおらん」

という言葉を繰り返し、手を貸そうとする者を拒む。ところが、現実には大丈夫であるはずはないわけで、結局、誰かを困らせることになった。今晩は成り行き上、新之助がその役割を担った。幸いなことは新之助自身その役目を当然と受け止めていたことである。

そういうわけで、源之助は新之助に負ぶわれ自宅に戻った。新之助は玄関の格子戸を開け、式台に源之助の身を横たえた。驚きの表情を浮かべる久恵に源之助ではなく新之助が、

「夜分に申し訳ございません」

と、詫びた。久恵にとって、夫が酔い潰れて帰って来るなどこれまでになかったのだろう。いつも、笑みを浮かべて出迎えるのにそれができず、いささかおろおろとした。新之助は、

「奥までお連れしましょう」

と、源之助を抱き上げる。源太郎がやって来た。源太郎は源之助の醜態を見て、

「父上、強くもないのに飲み過ぎたのですね」

と、おかしそうに笑った。久恵が、

「これ、父上を笑うとは何事ですか」

源太郎は素直に詫びてから、

「まあ、今晩ばかりは飲みたくもなるでしょう」

と、暢気な口調で付け加え、新之助を手伝い始めた。新之助が源之助の肩を持ち、源太郎は足を持った。

「すみません、こちらへ」

久恵は恐縮しながら廊下を進み、寝間に導いた。久恵が布団を敷いた。新之助と源太郎で源之助を横たえる。

「うわあ、酒臭いや」

源太郎は鼻を摘《つま》んだ。久恵は顔をしかめたが、源之助の羽織を脱がせ、帯を緩《ゆる》めた。

源之助は、

「もう、一杯だ」

と、うわ言を言った。新之助は、

「では、これで、失礼致します」

久恵が、

「本当にご迷惑をおかけしました」

「なんの、これくらいのこと、迷惑でもなんでもありません」

新之助は廊下に出た。久恵が追って来た。玄関で新之助は振り返り、

「今晩は我らみな、蔵間さまとご一緒に御用をすることができなくなり、その寂しさと悔しさで、つい、飲み過ぎてしまいました。申し訳なく思っております」

と、頭を下げた。

「みなさまのお気持ち本当にありがたく存じます。主人が酔い潰れるなど、これまでに見たことございません。祝言の席でも同僚方や上役方が勧めるのを御用に差し障りがあるからと、二合以上は口にしなかったのですよ」

久恵はおかしそうにくすりとした。

「蔵間さまらしいですね」

新之助もおかしそうに笑った。

「よほどの思いがあったのでしょう。我を忘れるほどに飲みたくなるような思いが。わたくしは、主人の御用について自分からは何一つ聞いたことがございません。今回、大きな失態をしたと聞いてもはっきり申しまして、よくわからないのです。母もそうでした」

「お母上がですか」

「母は父のお役目について一度も問うことはございませんでした。いつも、笑みを絶やさず、父の機嫌が良かろうが悪かろうが、笑顔で出迎えていたのです。わたくしは、そんな母を見て育ちました」

久恵は言ってからはっとしたように、

「これは、すみません。くだらないおしゃべりをしてしまいましたね」

「いいえ、とてもよいお話でした。そうだ、うちのにも言ってやりますよ。蔵間さまのお内儀を見習えと」

久恵は頰を赤らめ、

「やめてください。誉められるようなことではございませんわ」

新之助は背筋を伸ばし、

「では、お休みなさい」

「本当にありがとうございました」

久恵が腰を折った時、奥から慌《あわただ》しい物音がした。次いで、

「父上、大丈夫ですか」

という源太郎の声も聞こえる。

「今晩は大変ですね」

「初めての経験です」

久恵はどこか楽しげに言うと、くるりと背中を向けすたすたと歩いて行った。

雲の間に半月が顔を覗かせている。今晩は霞がかかっておらず、透き通った輝きを放っていた。

三

翌朝、源之助を二日酔いが襲った。猛烈な胸焼けと頭痛がする。吐き気がしてあわてて布団から這い出した。

生まれて初めての二日酔いである。これまで、二日酔いで出仕して来た部下を叱りつけてきた。二日酔いをすることなど理解できなかった。何故、そんなになるまで飲むのか。己を律することができないのか。

そんな風に思っていたのだ。それが、この様《ざま》である。二日酔いの苦しさと己に対する情けなさが交錯し、なんとも不愉快な気分に包まれた。

なんとか厠に行き、井戸端で顔を洗った。水を飲む。何度も水を飲んだ。しかし、胸焼けは収まらない。

「おはようございます」

源太郎が声をかけてきた。

「おはよう」

そう返した途端に吐き気がこみ上げる。源太郎が、

「お加減悪いようですね。今日は、お休みになられたらいかがですか」

源太郎は気遣ってくれているのだろうが苛立ちが募《つの》る。

「大丈夫だ」

吐き捨てるように言うと狭い庭を横切り、縁側に上がった。居間に入るなり、

「お加減大丈夫ですか」

今度は久恵である。腹を立てるわけにはいかず、

「大丈夫だ」

ぼそっと言うとどっかと腰を下ろした。

「朝餉をお持ちしますか」

「ああ」

正直、食欲などまったくない。むしろ、食べたくはなかったが、二日酔いになったという恥ずかしさからそう答えてしまった。久恵は居間から出て行った。

目の前に白湯《さゆ》と梅干がある。久恵が二日酔いの対処を行ったことに罪悪感と感謝の気持ちを抱いた。梅干を口に入れる。酸っぱさが口中に広がる。白湯を含む。

心なしか胸焼けが和らいだような気がした。しかし、それも束の間。時を経ずして強い不快感に襲われる。

やがて朝餉の膳が運ばれた。いつもだと食欲をそそる味噌汁の香りがなんとも不快だ。顔をそむけたくなったが、それをすると己の非をさらけ出すようで無理にでも箸をつけた。

ふと、膳に視線を落とすと今朝は粥《かゆ》だった。正直言ってこの方がありがたい。少しも食欲が湧かないが、なんとか粥を一杯、意地で腹の中に入れた。

立って身支度を整えたところで久恵が弁当を持って来た。

そうだ。今日から町廻りはしない。昼餉はどこか町中でというわけにはいかない。書庫の中で弁当を使わなければならないだろう。さすがによく気がつく。

風呂敷に包まれた弁当を手に玄関に向かった。源太郎が、

「南町ですからね」

と、言ってくれた。そうだ。両御組姓名掛は南町奉行所にある。あるというより、定員は一人、その定員が南町奉行所の山波であるため南町奉行所に存在するのだ。そ

れが、源之助が行うとなれば、やがては北町奉行所内に設けねばならないが、引継ぎが終わるまでは南町奉行所に通うことになる。

「わかっておる」

源太郎の気遣いにぶっきらぼうに返事をしながら屋敷を出る。


南町奉行所は数寄屋橋御門内にある。

長屋門で素性を告げると潜り戸から身を入れた。すぐに山波がやって来た。相変わらずの好々爺然とした面差しで源之助を導き、奉行所内の隅に連れて行かれた。

築地塀の側に設けられた土蔵の一つに入った。

「日当たりはようござるぞ」

なるほど、格子窓から春のうららかな日差しが降り注いでいる。中は十畳ほどの板敷きで真ん中に畳が二畳敷いてあった。一畳には文机が二つ並べられ、小さな茶筆笥、火鉢、茶碗、急須などが備えられている。

畳の隅に枕までが見える。漆喰の塗り壁に沿って書庫が並べられそこに帳面が積まれていた。

「北町がこちら、南町はあちらでござる」

山波は土蔵の真ん中に立ち右手を北町、左手の書庫を南町と言った。

「まあ、急ぐ仕事でもござらん。まずは、茶など一杯」

山波に勧められ畳に敷かれた座布団に座った。

「昨晩は大分、過ごされたようじゃな」

山波はニヤリとした。思わず口に手を当て、

「すみません」

「いや、わしも時に過ごします。まあ、楽しみはずいぶんとありますが酒は格別ですからな」

山波は茶を出してくれた。

「かたじけない」

茶を啜る。山波は、

「これも、よかったら」

と、羊羹を出した。出仕早々、茶菓子を食べ茶を啜るなど考えられなかったことだ。山波に悪びれる様子はない。片意地を張っていても仕方がないと羊羹を摘んだ。茶で流し込む。幾分か胸焼けが収まっていた。

「まさか、蔵間殿が拙者の後をやってくださるとは、思いもかけませんでした」

山波はのんびりとした口調で言った。

「まあ、なんとか、務めさせていただきます」

威儀を正し、頭を下げる。山波はうなずいてから、

「きっと、深いわけがござったのじゃろう」

事情を知らないが、筆頭同心の地位にあった者がこのような閑職に追われたことに特別な理由があると思っているのだろう。それ以上の追及はしてこなかった。

源之助も敢《あ》えて事情は語らなかった。山波は茶を啜ってから、破顔し、

「そうじゃ、これ」

と、文机の上から帳面を取り出し、源之助に見せた。

「まあ、ご覧くだされ」

引継ぎの資料なのかと手に取ると俳句らしきものが記されている。

「一人寝る耳元に鶯の声、俳諧ですか。山波殿がお作りになったのですか」

「うまくはないですが、まあ、好きでやっております」

山波ははにかむように微笑んだ。

「俳諧がご趣味なのですか」

出仕早々、つくづく暇な部署だと痛感する。呆れる思いで頁を捲くった。山波が言

っていたように下手《へた》の横好きのような気がした。源之助に俳句の趣味はないが、決して良い句とは思えなかった。川柳だか俳句だかわからない句が取りとめもなく綴られているだけだ。

「一日は長いですからな、このようなことでもしていなければ、一日が終わらないのでござるよ」

こんなことをしなければならないのかと今更ながら閑職に落とされた身を嘆きたくなった。

――まるで、隠居暮らしだな――

日がな一日、自分も句をひねるか。それとも何か趣味を見つけるか。すると、山波は、

「こんな物もありますぞ」

立ち上がって、書棚から紙の束を抱えて戻って来た。それを広げる。水墨画だった。大川の両国橋辺りの風景が墨絵に描かれている。

「これは、お見事」

心底そう思った。源之助は絵心もないが、それでも見ていて心を動かされる。大川の見慣れた光景が鮮やかな筆使いでまるで深山幽谷《しんざんゆうこく》のような幽玄さで描かれているの

だ。

「そうでござるかのう」

山波も満更《まんざら》でもなさそうだ。うれしそうに顔中を皺にした。

「いや、見事でござる」

いくら誉めても足りないくらいだと思った。落款《らっかん》が押してあり、「暢凡」とあった。

「のんぼんとお読みするのですか」

「いかにも、わしの号です。勝手に名乗っております」

「絵は昔からお好きだったのですか」

「実は子供の頃、父に絵師になりたいと申し出たことがあるのですよ」

「ほう」

「もちろん、大反対されました。でも、諦めきれませんでな、十五の歳にある絵師に入門しようと家出を決意したのです―」

「ほう、それはまた」

わずかながら興味が湧いた。この好々爺然とした老人が絵師になりたくて家出を考えていたとは。人は見かけによらないものだ。

「ところが、兄が急な病で亡くなりましてな。父や母の悲しみを思うと、家を出るわけにはいかず……」

山波はふと、寂しそうな笑みを浮かべた。

「…………」

なんと言えばいいのかわからなかった。

「絵師になることは諦めましたが、それからも絵を描くことはやめることはできませんでな、このように我流で描いておる次第でござる。もっとも、例繰方《れいくりかた》におった時など絵師に代わって人相書きなどを描いたこともござった」

「なるほど」

「今も時折、人相書きの依頼を受けるほどです」

山波は心持ち自慢そうに胸を張った。急に自分が恥ずかしくなった。仕事一筋に生きてきてこれといった趣味もない。自分の半生はひどく薄っぺらなものに思えてしまう。

「拙者、これといった趣味もござらん」

「それはいけませんな」

「何か始めましょうか」

「絵でしたら、拙者が手ほどきできますぞ」

「まあ、しばらく、考えてみます」

源之助は茶を啜り上げた。

定町廻りにいた時には感じたこともない、和《なご》やかな気持ちに包まれた。

四

「そろそろ、仕事ですが」

引継ぎが気になった。特に期限が区切られているわけではないが、いつまでもだらだらと時を過ごすのは気がすすまない。

「おお、そうですな」

山波はのんびりとした口調で言うと、よっこらしょと腰を上げた。源之助も立ち上がる。書棚の前に行き、

「ここからここまでに与力殿方の名簿がござる」

所属部署によって与力の名簿が調《ととの》えられていた。年番方、吟味方、例繰方、様々な部署ごとに整頓されている。

「南町は馴染みがないでしょうから、北町の書棚にまいりましょうか」

山波に伴われ北町奉行所の書棚の前に立った。

「そうじゃった」

山波の顔に影が差した。手に持たれたのは年番方与力大野清十郎の名簿である。源之助は手に取った。大野の死が思い出され、ずしりとした重みとなってのしかかってくる。

「急な病とのことでしたが、お歳は五十一でしたな」

山波がどの程度大野の死について知っているのかはわからない。その突然の死について疑念を抱いているのかもしれないが、そのことには言及しない。

「人間五十年と申すが、五十を過ぎて達者な者は珍しくござらん。かく申す、わしなどは還暦を過ぎましたが、これといった病を患《わずら》ってはおらん。蔵間殿はおいくつになられた」

「四十二です」

「本厄《ほんやく》ですな」

言われてみればその通りだ。まさに、厄年にぶち当たったわけだ。薄く笑いを漏らしてしまった。

「大野殿はいかにもまだ、お若かった」

大野の名簿を捲った。生まれた年、亡くなった日。亡くなった日は実際の日であったが、死因は勿論《もちろん》、急な病と記されていた。名簿にはその人間の家族の姓名、奉行所での業績、宗派が達筆な文字で記されていた。

「まったく、ご面談した日の翌日に亡くなられるとは。人間、何があるかわからぬものですな」

「まこと」

真実がわかっているだけに胸が苦しくなった。

「生ある者は日々これを楽しみ、以って死者への冥福と成す、でござるよ」

山波は達観めいた物言いをした。

「このように、新しいことが生じましたら、名簿に書き加えていきます。ですから、月に何度か例繰方へ足を運びましてな、年番方与力殿に与力方や同心方のお身やご家族に変わったことはないか、話を聞くのでござる。その時、絵や俳諧など趣味の話をしますと、なかなか話しやすくなり、それはそれで重宝《ちょうほう》なものでござる」

「なるほど、そういうことでござるか」

「いや、そう、感心なさることはない。わしは何もそのために絵や俳諧をやっておるのではござらんからな。あくまで好きでやっておるだけですから」

山波は照れ笑いを浮かべた。

「しばらく、名簿を見てみたいと存じます」

「どうぞ、ご覧くだされ」

山波は畳に戻った。

源之助はしばらく北町奉行所の名簿を見ていた。自分の名簿を手に取る。頁を捲る。家族が記され、生年明和六年（一七六九年）、父は蔵間源左衛門《げんざえもん》、母絹江《きぬえ》、妻久恵、長男源太郎と記され、源之助がこれまで奉行からもらった感状と受け取りの功績について漏れなく記されていた。今日付けで両御組姓名掛へ異動になったことも書き加えられていた。

自分のことをこれほどまで熟知しているとは。いい加減な老人と思っていた山波のまじめな仕事ぶりを知り、馬鹿にしていた姓名掛の仕事を見直したくなった。

ふと、山波の名簿を探した。

生年は寛延四年（一七五一年）、と家族覧を見る。息子が一人、娘が一人。その息子は十年前に死んでいた。娘に婿を取り、南町奉行所にいるようだ。

息子を亡くしていたのだ。山波のどこか達観めいた態度にはこのような悲しみがあったということだ。横目に映る山波はそんな悲しい過去があったとは露《つゆ》ほども見せず、小首を傾げてさかんに唸《うな》っていた。俳諧を捻っているようだ。

源之助の視線に気づいたのか、

「まあ、あまり、根《こん》を詰められますな」

と、気遣ってくれる。

「はあ」

素直にその忠告を受け入れた。

茶を飲みながら黙って座っていると、しみじみとした気持ちになった。

この仕事も悪くないと思えてきたが、じきに物足りなさを覚えた。人の活躍や生死を記しているだけでは、やはり物足りないのだ。

もちろん、今更、元に戻れるはずもなく、この役目を全《まっと》うしなければならない。そのことが大野への供養となるのだ。自分にそう言い聞かる。

「昼は持ってこられたな」

「ええ、弁当持参です」

「たまには、外で食べるのもよいものですぞ」

「抜けても大丈夫ですか」

「大丈夫でござるよ。誰も監視などはおりません。思うようにされればようござる」

そう言われても、用もないのに外に出歩くことは、それはそれで苦痛だ。

「さて、そうですな」

山波はそれから、名簿の書き方などを教えてくれたが、それは懸命に覚えなければならないほどに困難なものではない。

それから、昼餉を取った。久恵は握り飯に沢庵とめざしを添えてくれていた。二日酔いが鎮《しず》まり、朝に粥しか食べていなかったため、握り飯が無性に美味かった。山波も食事をし、

「ちょっと、失礼しますぞ」

と、枕を持って来た。

「天下を取っても寝るのは一畳あれば十分と申しますからな」

身を横たえた。春の柔らかな日差しが天窓から差し込んでくる。うららかな昼下がりだ。山波は気持ち良さそうに鼾《いびき》をかき始めた。幸せそのものの顔に見える。

源之助は書棚に向かった。名簿を手に取り、一人一人を頭の中に刻もうとしたが、山波の鼾を聞いているうちに眠気に誘われた。文机の前に座った。

陽だまりの中に身を置くうち、自然とうつらうつらした。文机に突っ伏した。いつの間にか居眠りをしていた。

昼下がりに大の男が昼寝を楽しんでいる姿は、まさしく居眠り番と陰口を叩かれる図であった。

平穏のうちに一日が過ぎ、

「では、これで」

「ご苦労でした」

「明日からがんばります」

「がんばると申しても、別段、がんばるようなことはござらんがな」

山波はふふふと笑い声を漏らした。

「ですが、よろしくお願い致します」

南町奉行所を出ると日は西の空にあったが、夕暮れには早い。こんなにも明るいうちに奉行所を出るなどこれまでは、あり得なかった。罪悪感すら覚える。

だが、この仕事に慣れねばならない。罪悪感を払い、家路に就いた。

格子戸を開け、

「ただいま」

と、声をかけると久恵は出て来るまでに時を要した。これまでにない早い帰りだからだろう。――

「お帰りなさりませ」

相変わらず三つ指をつく。三つ指をつかれるほどの働きをしていないと胸にわだかまりが生じた。そんな源之助の心の内を知ってか知らずか、久恵はいつものように柔らかな笑みを浮かべ大刀を受け取った。

それから十日ばかりが何事もなく過ぎ三月を迎えた。仕事に不満はないが、やはり、物足りなさを感じる。南町奉行所の定町廻りたちの会話が耳に入った時など、眠っていた血が呼び覚まされるようだ。

――いかん――

自分を宥《なだ》める。

この仕事に自分の居場所を見出さねばならない。

そんな心の葛藤を胸に帰宅すると、久恵が、

「杵屋さんがいらしています」

と、告げた。

「善右衛門殿が」

義理堅い男ゆえ、自分が左遷されたというのに付け届けをしてくれたのか。それにしても、わざわざ、主人自ら出向いて来ることはないだろうに。

「居間でお待ちです」

「わかった」

いぶかしみながらも廊下を進み、居間に入った。

「しばらくでございます」

杵屋善右衛門は奇しくも源之助と同じ四十二歳、ほっそりとしているが力のある目をした男である。物腰は柔らかいが商人としての矜持《きょうじ》を失っていない。さすがは町役人をしているだけのことはある。

第四章　影御用事始め

一

「しばらくですな」

源之助は善右衛門の前に腰を下ろした。

「いつまでも、蔵間さまはお若いですね」

「そんなことはござらん。善右衛門殿こそいつまでも達者ではござらんか」

「いいえ、わたくしなんぞは、このように髪に白いものが目立ちまして」

善右衛門は髪を撫でた。確かに、艶めいた髪に白髪《しらが》が何本か見て取れるが、白髪混《ま》じりというほどではない。

「それくらいなんでござる」

「お互い厄年でございます。用心に越したことはございません」

「わしは既に厄を被りましたがな」

善右衛門は一呼吸を置いてから、

「これは失礼なことを申し上げました。このたびは、思いもかけぬことで」

「とんだ失態を致した。首が繋《つな》がっていることに感謝せねばならん」

源之助は首筋を手で打った。

「今は姓名掛とか」

「ああ、居眠り番でござるよ」

つい、自嘲気味な笑いを浮かべる。

「お退屈でしょうな」

「退屈と言えば退屈だが、どうこう言える立場にはない。務められる掛があることに感謝しないといかん。それに、務めてみると案外と良いものでござる。なによりありがたいのは、日々平穏に過ぎる」

「ですが、血のたぎりはどうしようもないのではありませぬか」

善右衛門は口元をわずかに歪めた。

「そんなことはない」

否定したものの言葉に力が入らないのは己の気持ちを偽っているからだ。善右衛門はそれを見透かしたように、

「蔵間さまのことです。きっと、胸の内では日々のお役目に物足りなさを感じておられるはずです」

「そんなことはない」

「いいえ、蔵間さまはお退屈をなすっています」

善右衛門は決めつけた。善右衛門の一面である言い出したことはおいそれとは引っ込めない頑固さが鎌首をもたげた。

「おい、おい」

持て余すように苦笑いを浮かべる。

「図星でしょう」

善右衛門は目を細めた。

「まあ、退屈といえば退屈ですがな」

「よし」

善右衛門はうれしそうに両手を打った。

「どうしたのです。わしが暇なら善右衛門殿にとってよいことでもあるのかな」

「わたくしどもだけではございません。きっと、蔵間さまにとりましてもよいことでございます。その上、お金にもなるのでございますよ」

善右衛門は大袈裟に両手を広げた。

「金なんぞ、欲しくはないが、それより、何が言いたいのですかな」

善右衛門は背筋を伸ばし、改まった調子で、

「お引き合わせしたいお方がいるのです」

「ほう、誰でござろう」

「奥羽のさるお大名家の江戸屋敷お留守居役でいらっしゃいます」

「留守居役、どこのご家中ですかな」

「それは、今は申せません。まずは、お会いしていただけるか、それを確かめたいと存じます」

「留守居役殿がわしに何の用でござろう。おっと、それも、会ってからということか」

「いかにもその通りでございます」

「思わせぶりですな」

「商人は信用第一でございますので、しかと確かめないうちにはお話できません。蔵

間さまを信用しないわけではありませんが、そのことはご理解ください」

善右衛門はぺこりと頭を下げた。

「なんだか、面白そうな話ですな」

同心としての嗅覚が蠢《うごめ》いた。

「でしょう。きっと、蔵間さまなら、ご興味を抱いて頂けるものと確信致しております」

「しかし、その仕事、町方の御用に反するものではないでしょうな」

「それはご心配には及びません」

「まことですな」

「わたくしを信じてください」

善右衛門は胸を叩いた。

「そうだな、天下の杵屋善右衛門殿だ」

「お願いします」

「わかりました。会ってみましょう」

会えば良いも悪いもなく引き受けねばならなくなるだろうということは予想できる。どんな仕事なのかわからないうちに早計な気もする。だが、善右衛門が不当な仕事を持ってくるはずはない。

「ありがとうございます。では、明日の暮れ六つ、柳橋の料理屋山茶花《さざんか》でお待ち申し上げます」

「山茶花とはずいぶんと立派な店だ」

「それなりのお方ですので」

善右衛門はきっとですよ、と念押しして出て行った。

「もう、お帰りですか」

久恵が入って来た。

「お邪魔しました」

善右衛門は愛想を振り撒いていった。

善右衛門の思わせぶりな態度が妙に気になる。いや、気になるというより、楽しみになった。同じ業務を繰り返し、波風が立つこともない平穏な日々にそろそろ退屈してきたことは事実だ。

――これは、何か面白くなりそうだ――

まさか、痺《しび》れるような探索や捕物が待っているわけではなかろうが、少なくとも平凡な日常に刺激を与えられるだけでも心浮き立つに違いない。

翌日の夕暮れ、源之助は山茶花にやって来た。暮れ六つには四半時（三十分）ほど早い。やることもないため、方々で暇を潰してきたのだが、元来が無趣味な男である。暇を潰すのも一苦労という有様《ありさま》だった。

遠回りをしたり同じ道を行ったり来たりしながらやって来たのだが、約束の時刻よりも四半時ほども早く着いてしまったのだ。

早く着いてみると、いかにも暇であることを晒しているようで恥ずかしい気持ちになったが、どうせ、閑職に回されたことは善右衛門にも知られているのだから、今更、見栄を張っても仕方がないと間口を潜った。

二階建て桧《ひのき》作りの立派な建屋だ。桧の香りが漂い、凛《りん》としたたたずまいである。

暖簾を潜り、玄関に足を踏み入れた。すぐに仲居がやって来た。

「いらっしゃいまし」

挨拶を受け、素性は告げず名前だけを名乗り、

「杵屋善右衛門殿と待ち合わせだ」

と言うと、仲居は心得たとばかりに案内に立った。廊下を奥に進む。二度、右に折れ、突き当たりの部屋に通された。

やはり、早過ぎたらしく部屋には誰もいなかった。座布団が四つ用意してある。善右衛門は接待に備え店の者を連れて来るのか。床の間を背に二つ、向かいに二つだ。やはり、上座は某藩の留守居役として、自分はその隣か。と思っていると、席の心配などしたことがなかったため、居心地が悪くなった。

座布団には座らず、部屋の隅に座した。一人ぽつねんとたたずみ座敷を見回す。鴨居は樫の木だとか壺は青磁で唐渡りだろうとか余計なことが脳裏をかすめる。掛け軸の水墨画はきっと値の張るものなのだろうが、絵心のない自分にはさっぱりわからない。暇つぶし一つできない自分がひどく惨めに思えてくる。

やがて、仲居の声が障子越しに、

「お連れさまがいらっしゃいました」

と、聞こえた。ほっとした。すぐに障子が開き、

「お待たせしてしまいましたな」

善右衛門の顔が覗いた。善右衛門は、

「どうぞ」

と、一人の武士を導き床の間を背負わせた。ちらりと座布団の位置に目をやり、

「では、蔵間さまはこちらへ」

と、武士の正面に置かれた座布団に導く。そして、仲居に向かって、
「あとで、もう一人おいでになるから、それから、膳を運んでもらおうか」
と、心付けを渡した。
――もう一人――
店の者ではないということか。一体、何者だ。目の前にいる武士が年格好からして
留守居役だろう。すると、もう一人というのは……。
まあ、いい。どうせ、じきにわかるのだろうから。
善右衛門はにこやかな笑みをたたえながら源之助に向き、
「こちら、喜多方《きたかた》藩江戸留守居役向井《むかい》九郎兵衛《くろべえ》さまです」
と、武士を紹介した。
喜多方藩、奥羽喜多方城を拠点とする外様大名だ。石高五万五千石、城主格、藩主
は代々能登守《のとのかみ》を名乗り柳の間詰めだ。現在の藩主正孝《まさたか》はまだ歳若い少年大名と聞いた
ことがある。
善右衛門は次いで、
「こちら、北町奉行所筆頭同心、いや、諸色相場、じゃなかった」
源之助の職場を思い出そうと視線を泳がせた。

「姓名掛です」

源之助は不機嫌に訂正した。善右衛門は頭を掻きながら、

「その蔵間源之助さまです。北町きっての凄腕同心と評判のお方で」

それを遮り、

「以前の話です。今は日がな一日、居眠りをしている閑職の身でござる」

源之助は乾いた笑い声を放った。向井はどう言葉を返していいのかわからないのだろう。困ったような顔で口を閉じていた。源之助は気まずい空気を払うように、

「して、今晩のご用の向きは」

善右衛門に向いた。いきなり向井は、

「蔵間殿、どうか、お力をお貸しくだされ」

と、両手をついた。

二

一瞬、呆気《あっけ》に取られてから、

「ま、どうぞ、お手を上げてくだされ」

善右衛門に目配せした。善右衛門もお手を上げてくださいと頼んだ。向井はゆっくりと白髪混じりの頭を上げ、

「いや、これはぶしつけなことをしてしまいました。きちんとお願い申し上げねばなりませんな」

源之助は黙って先を促す。

「くれぐれも他言無用に願いたいのです」

善右衛門がすかさず、

「蔵間さまは再三申しましたように信用のおけるお方でございます」

と、言い添える。向井は源之助に視線を据えながら、

「実は先月、我が喜多方城から掛け軸が盗まれたのです。藩祖正良《まさよし》公が神君家康公より拝領した名物です。富士と鷹の絵が描かれておりましてな、なんでも、家康公御自らが筆を執り描かれたものとか。藩の宝なのです。城中の土蔵から盗まれたのですが、下手人は仙吉《せんきち》という流れ者です。蔵番頭をしていた青山肥前《あおやまひぜん》という者の中間をやっておったのですが、青山を刺殺し、土蔵の鍵を奪い、掛け軸を盗みおったのです。まったく、藩の体面を汚《けが》されたものです。で、その仙吉を追って青山の部下鶴岡伝三郎《つるおかでんざぶろう》と申す者が江戸にやって来ました。どうやら、仙吉は江戸におるらしいということがわ

かったのです。このようないわくある名物、江戸でなければ金にならないと思ったのでしょう。頼みと申しますのは他でもございません。その鶴岡の手助けをして、仙吉を捕縛して掛け軸を取り戻していただきたいのです」

向井は哀願するような眼差しで源之助を見た。善右衛門もこちらを見ている。

「話はわかりました。ですが、事は藩の大事、藩内で仙吉なる者を捕縛するのが筋と思うのですが。あ、いや、ご助力を惜しむものではござらん。ござらんが、それが筋と思ったのです」

向井は困ったような顔で、

「おっしゃる通りです。ですが、我ら、江戸の市中に姿を消した仙吉を探し出す術《すべ》を持ち申さん。おまけに、鶴岡という者、生まれてこの方ずっと国許におりまして、江戸はまったくの不案内。右も左もわからぬ有様です。とても、仙吉を探し出すなど、できそうにないのです」

「そういうことですか」

向井の意図はわかった。なるほど、江戸市中を探索する上で、町方の同心ほど頼りになる者はいないだろう。

「ところで、善右衛門殿がわたしを推挙なさった経緯はいかなるものでござろうか」

善右衛門に視線を向けると、

「手前どもは喜多方藩邸にお出入りを許されております。向井さまにはお世話になっておりまして、ふと、茶飲み話に困ったことが起きたと聞きまして、これは、捨ててはおけないと、それで、丁度、蔵間さまのことを思い出したのでございます」

「暇なわしなら喜んで引き受けるだろうということか」

「そんな、お口の悪い」

善右衛門はかぶりを振った。

「いかがでござろう。無事、仙吉を捕縛できたなら、金五十両を差し上げたい」

向井が膝を乗り出してきた。善右衛門も、

「悪い話ではないと存じますが」

と、素早く言い添える。

「金のことはともかく、話はわかりました」

「では、お引き受けくださるか」

向井は声を弾ませる。

「お引き受けする前にその鶴岡殿という御仁と会ってみたいものですな」

善右衛門がにっこり笑って、

「そう、おっしゃると思いましてこちらにお呼びしております」

「もう一人とは鶴岡殿でしたか」

「そういうことで」

善右衛門は言いながらもいぶかしそうな顔で向井を見た。向井は、

「もうそろそろでしょう。それにしても、遅いな」

不安になったのか腰をもぞもぞと動かした。善右衛門が腰を上げ、

「ちょっと、見てまいりましょう」

と、部屋を出て行った。向井と二人にされ、気詰まりな空気が漂った。向井も同様とみえ、

「まったく、とんだ田舎者で困り申す」

「まあ、江戸は広うございますからな」

つい、まだ会ったこともないのに、鶴岡を弁護するようなことを言ってしまう。この仕事に興味が湧いた。眠っていた、いや、眠らせていた探索の血が騒ぎ出している。

向井が、

「実を申しますと、鶴岡はわたしの娘婿なのです」

「ほう、婿殿ですか。それは、益々ご心配ですな」

「お会いいただければおわかりになると思いますが、いささか頼りない男でしてな。右も左もわからぬ江戸で、単身、お役目を全うできるとはとても思えないのでござる。役目を果たせなければ、国許に帰ること、叶いません」

「それは、大変ですな」

「それに、……。それに、娘は身ごもっております」

向井は恥ずかしそうに目を伏せた。

「それはおめでたい」

と、口に出したものの向井の心情を察すると、孫の存在が益々の負担になっているようで、それきり口を閉ざした。すると、廊下を足音が近づいて来た。

「来たか」

向井は舌打ちをした。障子が開けられ、

「すんません、すっがり、迷ってしまっただ」

間《ま》の抜けた声がした。鶴岡伝三郎である。

「まあ、お入りになって」

善右衛門が言い、さらに善右衛門は仲居に膳を届けるよう言いつけた。

「さ、さ、どうぞ」

善右衛門は伝三郎を気遣いながら部屋の中に入った。伝三郎は小太りの男で、田舎者をまさしく絵にしたような男だった。丸い顔、頬が赤く、団子鼻も赤らんでいる。目は小さく、眉は炭のように太い。その目はきょろきょろと兎のように動き、はにかんだように笑みを浮かべると笑窪《えくぼ》ができた。

小太りの身体を羽織、袴に包み、白い足袋が目に眩《まぶ》しい。羽織は大き過ぎるため浅黄色の裏地が目についた。江戸っ子が江戸勤番の侍たちを揶揄して言う、「浅黄裏」を見事に体現している。

「伝三郎、今回、ご助勢くださる北町奉行所同心蔵間源之助殿だ」

伝三郎は向井の隣席の座布団に座り、

「おら、いえ、わたすは喜多方藩蔵番鶴岡伝三郎です。禄は二十石いただいております。どんぞ、よろしくお願げえ、いえ、お願い申します、だ」

伝三郎は必死で国訛《なま》りを直しつつ頭を下げた。その素朴な態度におかしげで、国許から藩命を受けてやって来た悲壮感は感じられない。伝三郎の人柄がそう思わせるのだろう。

「蔵間源之助です」

軽く頭を下げた。伝三郎は何がうれしいのか満面に笑みを浮かべた。

「さあ、食膳が来ましたぞ」

善右衛門は座を和ませようとしているのか、陽気な声を出した。食膳には鯛の塩焼き、江戸前の刺身、天麩羅、それに茶碗蒸しが並べられた。伝三郎は、

「こら、すんげえごっつおだ。江戸はうんめえもんが一杯あるって聞いたけど、ほんとだ」

と、目を白黒させ、

「おい」

向井に厳しい目を向けられたが、

「いんや、まっこと、江戸はすごいですな」

気にすることなく賞賛の言葉を並べ立てた。

「さあ、まずは一献どうぞ」

善右衛門に蒔絵銚子を向けられ、

「銚子もこんなきれいな絵が描いてある。殿さまのお持ち物みてえだ。国許の料理屋じゃ見だごともねえ。すんげえ」

杯で受けるとぐいっと傾けた。とたんに相好を崩し、

「うんめえ」

と、舌なめずりをした。

「おい、蔵間殿の前でなんだ」

いい加減にせよと向井は顔をしかめた。頬が赤らんでいるのは、酒のせいではなく娘婿の田舎者丸出しで無遠慮な態度を恥じているのだろう。それが証拠に源之助の表情をちらりと盗み見た。源之助は向井を安心させようと、いかつい顔を精一杯柔らかな笑みに包んだ。

「鶴岡殿は裏表がなくてよろしい」

実際、伝三郎の素直さは好感が持てた。伝三郎は源之助の気遣いを気にすることもなく、

「いんや、国許は酒所ですので、ずいぶんとうんめえ酒がありますだが、これは上方《かみがた》からの下《くだ》り酒ですか」

と、興味津々《しんしん》の目を善右衛門に向けた。

「いかにも、灘《なだ》から来た下り酒です」

善右衛門はさらに酌をする。伝三郎はそれからは、ろくに口を利くこともなく酒を飲み、料理に舌鼓を打った。

「こんな頼りのない男です。蔵間殿、どうか、この通りお力をお貸しください」

向井は両手をついた。すぐに、伝三郎を睨みつけ、

「こら」

と、頭を押さえた。伝三郎はあわてて箸を膳に置き、

「お願え申し上げます」

と、深々と頭を下げた。

源之助は口元を緩め、

「承知しました。わたしでできることなら、お力添え致しましょう」

向井が、

「かたじけない」

伝三郎も小さな目を大きく見開き、

「ありがとうごぜえます」

その素朴な顔を見ていると自然に笑みがこぼれた。善右衛門も、

「蔵間さまが引き受けてくだすったからにはもう大丈夫です」

と、声を励ました。それから、源之助の耳元で、

「これは、表立った御用ではございません。言わば、影御用とでも申せましょうか」

「影御用か」

源之助はその言葉の響きが耳に心地よく響いた。

やる気がふつふつと湧いてきた。伝三郎を見る。

伝三郎には緊張感が感じられない。これは、引き締めないといけない。自分を一方的に頼られても役目を担う本人が執念を持ち、探索に努めねば仙吉を見つけ出すことはできないだろう。心持ち厳しい声音で、

「まだ、これからですぞ」

向井はさすがに、

「その通りだ。おまえ、蔵間殿に頼りっぱなしでは駄目だぞ」

「わがってるだ」

「言葉を改めよ。江戸でお国言葉を使っては町人どもに舐められるぞ。武家言葉を使え」

向井は厳しく言った。伝三郎は小さな目をしょぼしょぼ動かした。源之助が、

「仙吉を探し出さねばならんが、手がかりというか、人相書きはござるか」

伝三郎は困った顔で、

「それが、江戸までやって来る途中、旅籠の厠に落としてしまって」

やれやれ、頼りないことこの上ない。前途多難を思わせた。

三

「では、どうするのだ」

向井に睨まれ、伝三郎は身体を子供のようにもじもじさせた。

「どうするのだ」

向井は婿のだらしなさにすっかり不機嫌になってしまった。

いたたまれない空気が漂った。山波のことが思い出された。絵の名人。人相書きも描いていたという山波に頼ることはできないか。

「人相書きの件はわたしがなんとか致しましょう」

源之助が言うと、たちまち伝三郎は笑みを広げ、

「お願えします」

「愚か者めが」

向井は苦笑を漏らした。

「ま、ともかく、蔵間さまにお願いすれば間違いございません」

善右衛門はすかさず言い添える。

伝三郎はすっかり安堵したのか、よく飲み、食べた。

翌朝、源之助が姓名掛の土蔵でうつらうつらしていると、

「あの、蔵間さま」

と、いう声がした。戸口に顔を向けると門番が立っている。

「なんだ」

横で俳句を捻っていた山波も身体を向けた。羽織、袴の鶴岡伝三郎が顔を覗かせた。大きめの羽織に身を包み、背中には唐草模様の風呂敷包を背負っている。ぬぼっとしたその姿は、昨晩同様おかしげな空気を醸《かも》し出していた。

「こちらの方が、蔵間さまをお訪ねになられて」

門番に言われるまでもなく、

「さあ、入られよ」

源之助に招かれ伝三郎は飄々《ひょうひょう》とした仕草で入って来た。

「いやあ、すっかり、迷ってしまって」

伝三郎はどっかと座ると山波に向かって頭を下げた。山波はぽかんとしていたが、

「喜多方藩の鶴岡伝三郎殿でござる」

源之助に紹介されたものの、山波は要領を得ないため怪訝な表情を浮かべたままだ。昨日聞いた経緯には触れず、

「実は山波殿のお力を借りたいのです」

「拙者の力と申しますと」

山波は得心がいかないまま首を傾げる。

「鶴岡殿はある男を追って江戸にまいられたのです。その男とは国許で罪を犯した罪人でして、江戸に潜伏しているといいます。その男をなんとしても捕らえないことには国に帰ることができない。それで、その男を探し出すために、人相書きが必要なのですよ」

「つまり、人相書きを描けばよいのですな」

やっと得心した山波は得意技を披露できることがうれしそうだ。

「やってくださるか」

「絵の腕を発揮できるとあれば喜んで引き受け申そう」

山波は顔を輝かせた。よほどうれしいに違いない。

「山波殿が人相書きを描いてくださる。鶴岡殿、仙吉の人相を詳しく申されよ」

源之助が顔を向けると、

「わかりました」

伝三郎は言ったものの、それから両目を瞑り黙ってしまった。仙吉の人相を思い出しているようだ。これまでに伝三郎から受けた印象によって、人相書きが難航するのではないかという危惧が胸にこみ上げる。

源之助は伝三郎を落ち着かせようと茶を淹《い》れた。伝三郎は茶を受け取ろうともせずに、うんうんと唸っている。顔はこれまでに見たこともない真剣さをたたえていた。

山波はというと、文机の上に紙を広げ好々爺然とした表情で伝三郎の言葉を待っている。伝三郎はやがて小さな目を開けた。

「まんず、歳は三十の半ば、ほんで、顔の形は長くて、そう、馬面です」

伝三郎の言葉を山波はまず、紙に文字で書き留めた。伝三郎は続ける。意外なほどに伝三郎の説明は詳細を極めた。髪の特徴、目鼻の形、右の耳に黒子《ほくろ》があること、背格好等を細大漏らさず語り尽くした。

この男、記憶力は良いようだ。

ほっと、安堵した。山波はそれらを箇条書きにした。次いで、紙をじっと見る。しばらく口の中で何事がぶつぶつと呟いてから筆を取り、まず、顔の輪郭を描いた。

「こんなものかな」

伝三郎に示す。伝三郎はじっと視線を凝らし、

「もっと、細面です」

と、はっきりと意見を述べた。山波は黙って再び描く。

「こうかな」

「もっと、馬面です」

伝三郎の言い方は自信に満ちていた。山波は不満を口にすることもなく、言われたままを絵にする。今度は、

「そうです、そうです」

伝三郎は肯定の言葉を漏らした。源之助の方がほっと安堵したほどだ。

「次、髪だが」

と、山波は言った。伝三郎はうなずく。ここでも、何度か山波は描き直した。その度に顔の輪郭から描き直すのだが、山波は億劫《おっくう》がりも不満な言葉一つ漏らすこともなく黙々と作業を進める。

伝三郎は一切、遠慮も妥協もしなかった。そうやって二時（四時間）ほども格闘の末に絵が仕上がった。

「仙吉だ。仙吉です」

伝三郎は叫んだ。山波はにっこりと笑った。額に薄っすらと汗が滲んでいた。

「蔵間殿、こいつです」

伝三郎は人相書きを源之助に示した。馬面、眉は薄く、目はやや吊り上がっている。頬骨が張り、薄い唇が冷酷そうに曲がっていた。右の耳たぶの黒子が目につく。

「よし、これで、探すぞ」

源之助も言いようのない満足感が胸に湧く。山波は、

「では、これを何枚か描こう」

と、疲れたように腕を回した。伝三郎は山波の背後に廻って肩を揉んだ。

「あんがとごぜえます。ほんと、あんがとごぜえます」

伝三郎は感謝の言葉を連呼して山波の肩を揉み解《ほぐ》した。山波は気持ち良さそうに目を細め、しばし身を伝三郎に委《ゆだ》ねた。

結局、山波は十枚の人相書きを描いた。

「今日はありがとございます」

伝三郎は巾着から二分金を二枚出した。

「なんだ」

源之助が訊くと、

「今日のお礼です。向井さまから活動資金を頂いておりますので、どんぞ」

伝三郎はにこやかに言った。

源之助は、

「ならば、遠慮なく」

と、金を受け取り山波に渡した。山波は戸惑いの顔で、

「いいや、蔵間殿も受け取られよ」

「いいや、描いたのは山波殿。見事な腕前でござる」

山波に押しつけるようにした。

「では、わたしは、これで」

伝三郎が出て行こうとしたので、

「待て、せっかく、人相書きができたのだ。早速、探索に出向くぞ」

「ええ、今からですか」

「まだ、日は高いではないか」

実際、昼九つ（十二時）を過ぎたばかりだ。

「ほんでも」

伝三郎はぐずった。源之助は、

「そんなことではいつまで経っても仙吉を捕まえること叶わんぞ」

と、乾いた声を出した。伝三郎は真顔になり、

「わかりました。お願えします」

「ならば、わしはできる限りこれを描いておこう」

山波が言ってくれた。

「すんません」

伝三郎が言うと、

「なに、わしの絵が役に立つならこんなうれしいことはない」

山波の目は生き生きと輝いていた。

「では、わたしは、ちょっと、出かけてきます」

源之助は伝三郎と一緒に表に出た。

「さあて、行くぞ」

全身に熱い血が駆け巡る。

影御用、事始めだ。

四

二人は数寄屋橋御門を出ると日本橋本通に向かった。源之助の巻き羽織を真似て、伝三郎も羽織の裾を巻いて帯に挟んだが、裾が長過ぎるため浅黄色の裏地が目立って仕方ない。風呂敷包を背負う姿と相まって田舎侍を宣伝するようなものだ。

源之助は顔をしかめ、伝三郎の巻き羽織をやめさせた。伝三郎は素直に従った。ところが、歩く姿は田舎侍を絵に描いたようだ。

「すんげえ人だ。なんだか、怖くなる」

伝三郎は大きな声を出した。瓦葺《かわらぶき》の大店が軒を連ねている。往来には屋台も出ていて多勢の人間で賑わいを見せていた。

「そんなことを言っている場合じゃないぞ」

源之助は人混みの中に身を投じた。伝三郎もあわててついて来る。辺りをきょろきょろ見回しながら、

「腹減った。蔵間殿、昼餉にしませんか」

「なんだ、いきなりか」

「でも、まだ、昼は食べていないですよ」

「それは、そうだが」

抗《あらが》う源之助の腹が鳴った。

「どこさ、行きますか」

確かに腹が減っては、戦はできない。辺りを見回し、

「そこの横丁を入ったところに蕎麦屋がある」

「蕎麦ですか、いいですね」

「馬鹿、物見遊山ではないぞ。ここら辺りは江戸でもひときわ賑やかな所だ。周りを見回し、仙吉がいないか目を配れ」

「わかりました」

言われたことには素直に反応する伝三郎は周りをきょろきょろと見回しながら源之助について来る。唐草模様の風呂敷包を背負ったその姿はまさに田舎侍の江戸見物だと嫌でも目についた。だが、それを言ったところで急に改まるわけもなく黙っていた。

もちろん、源之助も目配りを怠らず進む。途中、見知った商人から声をかけられる。商人は源之助が見知らぬ侍と一緒であることを見ても何かの御用の途中と思ったのか深くは聞いてこなかった。

きょろきょろとする伝三郎の羽織の袖を引き、暖簾を潜った。九つ半(午後一時)を回り、昼飯時を過ぎているため店内に客はまばらだった。

小机で向かい合った。

「盛り蕎麦、四枚」

と、源之助が頼む。伝三郎は風呂敷包を脇に下ろした。

「江戸は蕎麦がうまいって聞きました」

「おい」

顔をしかめると、

「わかってます。物見遊山ではないです」

伝三郎は口元を引き締めた。

もっとも、厳しい表情は長くは続かず、女中が蕎麦を運んで来ると、

「これは、うまそうだ」

よだれでもたらさんばかりのだらしない顔になってしまった。源之助は飯を食べる時くらい小言を言うことはないだろうと口を閉じた。

「さあ、早く食べて行くぞ」

源之助は蕎麦を手繰《たぐ》り始めた。向かいで伝三郎も箸を手にした。うれしそうな顔で蕎麦をつゆに浸す。じゃぶじゃぶと浸し、口に入れる。もぐもぐと口の中で蕎麦を嚙んだ。

源之助はつゆに浸すか浸さないかのうちに、手早く啜り上げる。伝三郎は、

「うんめえ」

感に耐えたような声を漏らした。それから、山葵《わさび》をたっぷりとつゆに溶かした。またも、蕎麦をじゅくじゅくと浸す。それを口に運ぼうとしたので、

「おい、辛いぞ」

忠告したが時既に遅く、大量の蕎麦が伝三郎の口の中で咀嚼されていた。しばらくして、

「か、辛い」

伝三郎は言うと、次いで、

「うわあ」

わけのわからない言葉をわめき、口を大きく開けた。源之助は奥に向かって、

「水だ。水を丼に入れて持って来てくれ」

女中は七転八倒する伝三郎を見て笑いを嚙み殺しながら水を運んで来た。

源之助から差し出された丼を引ったくるようにして受け取った伝三郎は、一気に飲み干した。それから、

「さあ、飲め」

「もう一杯、頼んます」

と、舌を出しながら懇願した。

「山葵を付けすぎなのだ」

呆れたように言葉をかけると、

「はあ、すんません」

顔を真っ赤にしながら答えた。二杯目の水を飲んでからようやく落ち着いたようで、

「いやあ、まいりました」

その目は涙目になっていた。こみ上げる笑いを押し殺しながら、

「いいか、蕎麦はな、そのようにぐちゃぐちゃと口の中で咀嚼するものではない」

「はあ」

「喉越しを楽しむのだ」

「嚙まないのですか」

「多少は嚙む。但し、飯のように嚙みしめるのではない」

「喉で味わうとなると、舌はどうなるのですか。味あわないのですか」

伝三郎は決してふざけているのではないのだろうが、もどかしくなる。

「よいか、このように」

源之助は箸で蕎麦をすくい、つゆの入った椀にさっと入れ、浸すか浸さないうちに手早く口に運び、勢いよく啜り上げた。

伝三郎はその様子を口を開けながら眺めていた。それから、

「こうやって、と」

源之助がやって見せたことを見よう見真似で再現した。蕎麦を口に入れ、勢いよく啜り上げたところで、

「うむ、ごぼ」

たちまちむせ返ってしまった。

「あわてるな」

「すんません」

またも涙目である。茶を勧めた。伝三郎は咳き込みながら茶を飲んだ。

「あわてるからだ」

「ほんでも、江戸のお人はこんな風に蕎麦を食べて、うまいもんですか。味なんかわ

からないんじゃないんですかね」

「そうでもないさ。蕎麦の風味、腰などは十分に味わえる」

「そんですかね」

「ま、好きなように食べたらいいさ。但し、山葵は入れ過ぎぬことだ」

源之助の助言を聞き、伝三郎はおずおずと蕎麦を食べ始めた。二枚を平らげ、

「まだ、食べられるだろ」

源之助が言ったが、

「いえ、もう、十分です」

伝三郎は怖気《おじけ》づいたようだ。

「なんだ、たかだか蕎麦くらいで、そんな気弱な顔をして」

源之助は伝三郎の肩をぽんぽんと叩いた。伝三郎は、

「もう、行きませんと」

「そうだな」

小机に銭を置き表に出た。

「これからどうするのですか」

「桂庵《けいあん》に行く」

「桂庵とはなんですか」

伝三郎は首を捻る。

「口入屋《くちいれや》のことだ」

「口入屋ですか」

「そうだ。いろんな人間が職を求めて集まって来る。そこに、人相書きを持って行くんだ」

「なるほど」

伝三郎は得心がいったのか何度もうなずき風呂敷包を背負った。

「行くぞ」

源之助は足早に歩き出した。伝三郎は人混みの中、必死で源之助の背中にくっついて来る。

「いんや、すげえ」

伝三郎は相変わらずきょろきょろとする。いかにも目立つ。

「そんな、きょろきょろするな」

「んだども、仙吉を探さねえと」

「もっと、目立たぬようにさりげなく周囲に視線を這わせるんだ。このように、目だけ動かす」

源之助は目を左右に素早く動かしてみせた。伝三郎もやったが、目と一緒に首も動いてしまう。見世物小屋のからくり人形のようだ。

「こんで、ええですか」

「そうだ、なるべく目立たぬようにな」

伝三郎の滑稽な所作を笑うわけにはいかず、源之助はくるりと背中を向けた。と、その時、

「御免よ」

威勢のいい声がしたかと思うと、棒手振《ぼてふ》りの魚売りが源之助と伝三郎の間を通り抜けた。伝三郎は驚き大きく仰け反る。

「いでえ」

伝三郎は人混みの中、足を踏まれた。痛がった拍子に人とぶつかってしまった。

「すんませんだ」

詫びを言ったが相手は知らぬ顔で走り過ぎて行く。

——やられた——

源之助は、

「財布、調べてみろ」

言いながらも伝三郎とぶつかった男の背中を目で追っている。すりだ。すりに違いない。伝三郎は着物の袂を手繰ったが案の定、

「あれ、おかしいな。財布がない。蕎麦屋に忘れただか」

伝三郎の言葉を最後まで聞くことなく、

「ここを動くな、いいな」

それだけ言い捨てて源之助は全速力で走り出した。寿司の屋台の前だ。

「どうしただか」

伝三郎の声を背中に聞きながら、

「いいから動くな」

振り向きもせず一直線にすりめがけて走った。すりは、一度だけ振り返った。格好から源之助を八丁堀同心と認め、顔を引き攣らせ駆け出す。

「こら」

怒声を浴びせながら追いかける。人の波が大きくのたくった。すぐに、両の端に割れる。

源之助は雪駄《せった》を脱いだ。そして、それを思い切り投げる。雪駄はすりの後頭部にぶ

ち当たった。すりは前のめりに倒れた。すかさず、源之助が走り寄る。

「さあ、返せ」

すりを抱き起こした。すりは後頭部に手を当てている。

「いてえよ、旦那」

「あいにくだったな。この雪駄にはな、鉛が入っているのよ」

源之助は雪駄を回収した。杵屋善右衛門に頼んで特別にあつらえてもらった雪駄である。鉛を薄く延ばした板を雪駄の底に仕込んでもらっている。捕物出役の際、乱戦になった場合を想定して、武器にしようという源之助なりの工夫である。

財布をすりから回収し、

「今日のところは見逃してやる。二度とするなよ」

源之助は踵を返し、寿司の屋台に戻った。

「そらよ。気を抜くんじゃないぞ」

源之助は財布を差し出した。伝三郎は、

「江戸は怖い所だべ」

と、呆けた顔で受け取る。

「気を抜くなと申したであろう」

すると、伝三郎はにっこり笑って、

「んだから、ほれ」

伝三郎は財布を開けた。中を覗く。小石があるだけで金は入っていない。

「なんだ、これ」

「江戸はすりが多いって聞いてたもんで、女房がこうしろって言っただ。んで、大事なお金はここさ、ある」

襟を大きく開いた。丸い腹に巾着が紐で巻かれていた。

「できた女房殿だ。すりも、小石をすって、頭に瘤を作ったとは、報《むく》われん」

うれしくなった。

この鶴岡伝三郎という男、なかなか、したたかなのかもしれない。

「ほんなら、行くべ」

伝三郎の赤い頬が揺れた。

第五章　桜と探索

一

源之助は伝三郎を伴い、堀江六軒町、俗称日本橋芳町にやって来た。この辺りは葺屋町、堺町といった芝居町に近いことから若手歌舞伎役者が副業に男色を売る陰間《かげま》茶屋があることで有名だが、そんなことを話せば伝三郎の気勢を削ぐだけだと黙っていた。

それより、目当ての桂庵、すなわち口入屋に向かう。表通りには大きな口入屋が何軒か軒を連ねている。そのうちの一件、上総屋《かずさや》を覗いた。

暖簾を潜ると多勢の男が群がっている。上総屋は男専門の口入屋である。日雇い仕事や武家屋敷、大店の下働きの奉公口を斡旋している。土間が広がり、奥に湯屋の番台のようなものがある。そこに男が立ち、奉公先を記した紙を持ちながら、奉公口の紹介をしていた。

　奉公口が読み上げられるたびに、争うようにして、

「おれ」

　とか、

「あっしも」

　などと、男たちが殺到する。中には人使いが荒いと評判の奉公先などもあり、そんな奉公口はみな二の足を踏み遠巻きに眺めている者もある。それでも、糊口《ここう》を凌《しの》がねばならないと応募する者もいた。

「江戸は働き口が多いんですね」

　伝三郎は目を白黒させている。源之助は店内を見回し、

「行くぞ」

　と、男の群れをかき分け奥に向かう。番台を右手に見ながら暖簾を潜った。小上がりになった座敷があり、そこが帳場になっていた。

「伊兵衛《いへえ》、いるか」

　気軽な調子で声をかける。障子が開き、

「これは、蔵間の旦那、しばらくです」

伊兵衛は中年の人当りの良さそうな男だった。帳場机の前に座り頭を下げている。

「ちょいと、上がらせてもらうぜ」

源之助は伝三郎と共に伊兵衛の前に座った。伊兵衛は女中に茶を淹れるよう言いつけてから源之助に向き、ちらりと伝三郎に視線を送った。

「ちょいと、頼みがあってな」

懐中から仙吉の人相書きを取り出した。

「こいつを探しているんだ」

「ほう、喜多方で人を殺めて江戸へ逃げて来たのですか。いかにも悪そうな男ですね」

伊兵衛はしげしげと眺めた。源之助は伝三郎を見ながら、

「この鶴岡殿は国許からその男を追って江戸に出て来られたのだ」

伝三郎は愛想のつもりか、真っ赤な頬をわずかに緩めた。

「それは、それは、ご苦労さまでございます」

伊兵衛は今度は伝三郎に視線を据える。

「この男を捕縛しないことには国許に帰ることができないんだ。国許には身重の女房

殿が待っていなさる」

伊兵衛は同情するようにため息を吐《つ》き、

「それは、大変でございますな」

「言ってみれば、仇討ち相手を探すようなものだ」

「なるほど。仇討ちの旅に出て何年も国許を離れているというお方の話を聞いたりしますよ。実際、この前も職を求めて来られた方がいらっしゃいました。国を離れてもう、十年以上とおっしゃってましたな。お父上の仇を探して九州から出てこられたのですが、あてもなく旅を続け、旅費はとうに尽きて日雇い仕事で糊口を凌がねばならなくなっておいででした」

伊兵衛の言葉は伝三郎に少なからぬ動揺を与えた。

「十年も国にけえれねえのかね」

伝三郎の衝撃を見て伊兵衛は、

「あ、いや、そういうお方もいるということですよ」

「んだども……」

「まだ、江戸に来て数日だろ。しかも、実際に仙吉を探し始めたのは今日からじゃないか。今からくよくよしてどうするんだ」

源之助は励ますように肩を叩いた。

「はあ、そんですけんど……」

伝三郎はうつむいている。お国訛りを気にしていないことが伝三郎の受けた衝撃の度合いを物語っていた。伊兵衛はそんな伝三郎を慮《おもんぱか》ってか声をひそめ、

「ところで、どうした経緯で喜多方藩の御用を北の御奉行所がお手伝いなさっておられるのですか」

伊兵衛がいぶかしむのももっともだが、どう返答すればいいか困った。個人的に助勢しているとは言えない。定町廻りを外されたことも話していないのだ。

「まあ、ちょとした経緯があってな」

その辺のことは適当に察してくれと言わんばかりに口ごもった。伊兵衛は、

「上からのご命令ですか」

「まあ、そんなところだ」

それで押し切ろうと口をへの字に引き結んだ。伊兵衛は尚もわけを聞きたそうな顔をしたが、源之助の口元を見て問いかけをやめ、

「ははあ、どなたか与力さまのご命令ですか。きっと、その与力さまは喜多方藩から内々に依頼されたのでしょうな。なにせ、与力さま方はお大名家の留守居役さまと好《よしみ》

を通じておられますからな。蔵間さまにもご事情は伝えられていないのでしょう」

一人合点をしてくれた。

「まあ、な」

すると、伊兵衛は顔を曇らせ、

「聞きましたよ、大野さま、お亡くなりになられたそうですね」

胸に悲しみが甦った。伊兵衛は納得したように、

「わかりました。店の者にも見せて、目配りをするよう言いつけておきます。それから、この界隈の桂庵にも回しておきますので、あと、何枚かいただけますか」

「すまんな」

「こういう流れ者は、桂庵によくやって来ますからね。大抵は日雇いや渡り中間なんかやって、酒、博打、女に金を使い、なくなってはまたここへやって来るということを繰り返すものでございますからな。この界隈に人相書きを配っておけば、引っかかるかもしれません。人相書きがないまま相手を探す仇討ちとは大違いでございます」

伊兵衛は伝三郎を励ますためかわざわざ言い添えた。伝三郎は希望を見出したのか顔を上げ、

「頼みます」

と、上ずった声を出した。

「身体に気をつけてくださいね」

「ありがとごぜえます」

「ならば、次だ。行くぞ」

源之助は叱咤した。伝三郎は黙ってうなずいた。

上総屋を出たところで、

「次はどこさ、行きますか」

「当てもなく歩くしかないが、とにかく人が多い所へ行くとしようか」

「ええ、まだ、人が多い所があるんですか」

伝三郎は目をくりくりとさせた。

「仙吉は遊び人だ。盛り場をうろついているかもしれん」

「盛り場、というとどこですか」

「そうだな。まずは……。まずは、奥山《おくやま》だな」

「奥山……」

「浅草観音の裏手だ。ここから多少歩かねばならんが、一時《いっとき》（二時間）ほどで行ける」

「おら、国許では山道を歩いていましたから、江戸の道を歩くのはなんでもないです」

「その意気だ」

二人は浅草に向かって歩き出した。

町人地を歩き、神田川に至り、浅草橋を渡った。蔵前通りである。ここも多勢の人間が歩いている。二人の脇を、

「えい、ほう」

威勢のいい掛け声を放ちながら駕籠が雷門に向かって走って行く。それも、二つが並走し、まるで競うようだ。土埃が舞い上がった
「なんの、騒ぎでしょう」

伝三郎が土埃にむせながら訊いた。

「吉原へ向かっているんだよ。贔屓《ひいき》の女郎、会いたさに急いでいるのさ」

「吉原ですか」

伝三郎の目がやに下がった。

「吉原は知っているのか」

「ええ、聞いたことあります」

伝三郎はにやけた顔をした。

「なんだ、そんな、だらしない顔をして」

「すんません」

伝三郎はばつが悪そうに頭を掻いた。

「行くぞ」

二人は蔵前通りを雷門に向かった。二町ほど歩くと右手に幕府の御米蔵がある。浅草、大川の右岸に沿って埋め立てられた総坪数三万六千六百五十坪の土地に建ち並んでいる。北から一番堀より八番堀まで舟入り堀が櫛《くし》の歯状に並び、五十四棟二百七十戸の蔵があった。

二月、五月、九月の蔵米支給日には多勢の人間でごった返す。

「すんげえもんだな」

伝三郎は軒を連ねる米蔵を見ながらつぶやく。そんな伝三郎を促しながら浅草寺《せんそうじ》を目指した。

「おい、仙吉を探すことを忘れるな」

言いながら人ごみに目を配るよう促す。伝三郎も真剣な顔である。御米蔵を通り過ぎ、町人地の連なりを歩き、浅草広小路に出た。浅草寺の雷門を潜り仲見世《なかみせ》の賑わいに注意を払いながら進む。春天を貫く五重塔の威容に目を奪われている伝三郎を仙吉探索に集中させようと脇腹に肘鉄を食らわせつつ、宝蔵門を過ぎ境内に入った。春うららかな日よりとあって、参詣は引きも切らない。

「そうだ。お参りしないと」

伝三郎は本堂に向かった。

「ま、いいか」

注意をしようとしたが、仏に願をかけるのも悪くはないと源之助も従う。

二人は並んで手を合わせた。

「奥山はこの裏手だ」

本堂の奥に向かった。

「ここも、すんげえべ」

奥山の盛り場が広がっている。菰《こも》掛けの見世物小屋、葦簾《よしず》張りの茶店が建ち並んでいる。空き地では大道芸が行われていた。

「すんげえ」

伝三郎は声を上ずらせた。

「おい」

源之助の注意も耳に入らないようで伝三郎は大道芸に群がる人の輪に向かって行った。源之助は伝三郎を見失わないよう続く。もっとも、唐草模様の風呂敷包を背負い、物珍しげにきょろきょろと周囲を見回す田舎侍はいやが上にも目につく。

「さあ、どうです」

大道芸人たちが競うように芸を披露している。伝三郎は興味津々の目で周囲を見回す。仙吉を探すことを忘れているようだ。関心を引いたのは松井源水《まついげんすい》の独楽回《こまま》しだ。艶やかな裃に身を包んだ松井源水は巧みに独楽を操っている。

二

「すんげえ」

もう聞き飽きた台詞《せりふ》を発しながら伝三郎は松井源水の独楽の妙技に見入った。背後から声をかけても耳に入らないようで爛々と目を輝かせていた。

独楽は源水の肩と言わず、腕と言わず行ったり来たりをしていた。ひとしきり独楽の妙技を終えると源水は本業である歯磨き粉を売り始めた。ぽかんと口を開ける伝三

郎に、

「松井源水の独楽回しは歯磨き粉を売るための客寄せなのだ」

　伝三郎は振り返り、

「それにしてはすんげえ」

　声を上ずらせたが、我に返り、

「すんません」

　と、仙吉を探し始めた。人、人、人である。うっかりすると足を踏まれたりぶつかったりで、なかなか思うように進めない。板葺き屋根の小屋が建ち並んでいる。矢場だった。表で若い娘が笑顔で手を振っている。たちまち引き寄せられそうになる伝三郎の風呂敷包を摑み、

「仙吉探索だ」

　と、低い声をかける。伝三郎は正気に戻り、

「あれは、なんです」

　今度は菰掛けの大きな小屋を見上げた。見世物小屋である。曲芸でもやっているのだろう。

「見世物小屋だ」

ぶっきらぼうに返すと、

「多勢の見物人がいるのでしょうね」

「そうだろうな」

「入ってみましょうか」

源之助が考えあぐねていると、

「こういう人の多い所にいるかもしれません」

伝三郎はもっともらしく言うと源之助の羽織の袖を引き、中へと入って行った。源之助は引かれるまま中に入った。

舞台では艶やかな衣装に身を包んだ芸人たちが芸を披露している。短刀を標的めがけて投げつけたり、とんぼを切ったりして軽業《かるわざ》を演じた。

「仙吉を探すのだぞ」

源之助は釘を刺すように言った。伝三郎はうなずいて客席を見回したものの、じきに気は舞台の方に向いてしまう。

「こら」

脇腹を肘で打った。

「はい」

一応は見物客の方を向いた。仙吉らしき者は見当たらない。

結局、見世物小屋を見物したに過ぎなかった。

辺りは夕暮れとなった。

「今日はこれくらいにしておくか」

源之助は言ったが、

「もう、一箇所行きたい所があります」

伝三郎は好奇の色を浮かべている。

「どこだ」

と、聞いてからすぐに見当がついた。

「吉原です」

案の定である。

「吉原な」

曖昧に口ごもると、

「吉原は多勢の人間、しかも、遊び好きの人間が集まると聞いてます。ましてや、仙吉は大の遊び好き。吉原にいるかもしれません」

もっともらしい理屈を並べ立てた。吉原見物をしたいに違いないとは思いつつも、無下《むげ》に否定はできない。それに、あまり、根を詰めても伝三郎の気力が続かなくてはどうしようもない。

多少の息抜きは必要だろう。

「ならば行くか」

源之助が言うと、

「では」

と、伝三郎は歩き出したがじきに戻って来て、

「どっちです」

間の抜け声を出した。源之助は苦笑を浮かべながら、

「こっちだ」

奥山から境内を横切り、随身門から馬道に出た。馬道を日本堤、通称土手八丁に向かう。

土手八丁は吉原の大門《おおもん》から待乳山《まっちやま》聖天を結ぶ堤でその間が八丁であったため、そう呼びならわされている。吉原までの道々には葦簾張りの茶店や屋台が建ち並んでいる。駕籠に乗る者、徒歩で急ぐ者。行く者、帰る者。様々な思い、欲望が充満した道だ。

伝三郎は一言も発せずひたすらに急いだ。

衣紋坂《えもんざか》に至った。ここにも両側に茶屋や商家が軒を連ねている。左手に見える柳を見て、

「あれが、見返柳ですか」

早くも伝三郎は興奮で声を上ずらせた。そのまま大門を潜ろうとする伝三郎を引き止め、

「笠だ。武士は笠で顔を隠さねば、中には入れん」

源之助は茶屋で笠を買い求め、伝三郎に渡した。二人は笠をかぶり大門を潜った。

「竜宮城だ」

伝三郎は目を輝かせている。夕闇に浮かぶ吉原は伝三郎が言うようにまさしく竜宮城である。真ん中をまっすぐに貫く大通りには満開の桜が植えられ、それを誰《た》そや行灯《あんどん》や引手茶屋の軒先に吊るされた提灯が照らし出している。薫風に乗って優美な花弁を散らす桜は華麗な吉原を象徴していた。

伝三郎は風呂敷包を下ろし、一冊の書物を取り出した。吉原細見《さいけん》だ。吉原の妓楼、遊女の名、揚代が記された案内書である。

「熱心なことだな」

苦笑が漏れた。

伝三郎は夢見心地の面持ちで仲の町通りを進んで行く。辺りをきょろきょろしながら歩く姿はまさに田舎侍だ。江戸町一丁目、揚屋町、京町一丁目へと移動する。大見世、中見世、小見世といわず張見世の格子に取り付き、食い入るように中を見る。遊女たちが座って笑みを浮かべていた。妓楼の若い衆が近づく。このままでは鴨にされるだろう。照らされた妖艶な女の姿に見とれている伝三郎に、

「おい、仙吉は女じゃないぞ」

と、耳元で言った。伝三郎は夢から醒めたように、

「そんでした」

と、格子から離れた。見世に上がりたいなどと言い出すのではないかと思ったが、さすがにそれはなく探し回るうちに、

「見つかりませんね」

肩を落とした。

「何、しょげているんだ」

「仙吉は見つかりません」

「まだ、探し始めたばかりだろう。そう、簡単には見つからんぞ」

「そんですね」

「おまえ、吉原見物をしたかったのか」

「江戸勤番から国許に戻って来た者たちから、男なら一度は見物してみるもんだって、聞いたもんで」

「どうだった」

「やっぱ、すんげえ。すんげけんど、やっぱ、おら、女房がええ」

伝三郎は仙吉が見つからないことに加え、里心がついたのか元気がなくなった。

「明日から、探すぞ」

源之助は大門近くにある、遊女が逃亡しないよう見張る通称四郎兵衛《しろべえ》会所《かいしょ》に出向き、見知った男に仙吉の人相書きを渡した。伝三郎が二分金を差し出す。

二人は大門を出た。

「なんだか、江戸見物をしたようで申し訳ねえです」

実際、その通りなのだが、しおらしい態度で謝られてみると、きつい言葉を投げかけることは憚《はばか》られた。

「ま、そう、くよくよするな」

「はあ、でも」

「こんなわたしのために江戸を歩き回って。田舎者の江戸見物に付き添わせたようで」

「何が悪いのだ」

「なんだか悪い気がします」

「でも、とはなんだ」

「だから、そのことを申すのはやめろ。明日も続ける。それに、山波殿が人相書きを多数作成してくださる。それを配る。さすれば、手がかりは摑めよう。もっと、効率の良い探索が行えるさ」

「すんません」

「そうそう謝るのはよせ。武士たるもの、めったやたらと人に謝るものではない」

「わかりました」

言ってから伝三郎は詫びの言葉を続けようとし、はたと口を閉ざした。次いで、

「明日はどちらへ行きますか」

「そうだな、そろそろ、花見の時節だ。花見の名所にでも足を伸ばすか」

「花見ですか」

たちまち、伝三郎の顔が綻んだ。

「ともかく、明日の朝、南町奉行所の姓名掛まで来てくれ」

「わかりました」

伝三郎の顔には希望の色が浮かんだ。

見返柳の上に朧月が輝いていた。


八丁堀の組屋敷に戻った頃にはすっかり夜五つ半（午後九時）を過ぎていた。玄関を入ると、

「お帰りなさりませ」

久恵が式台に三つ指をついた。

最近にない充実した疲労に全身が覆われている。

「ただいま戻った」

声もつい弾んでしまう。そんな源之助の様子を敏感に察した久恵に大刀を受け取りながら、いつもよりも深い微笑みを浮かべた。

「腹が減った」

実際、江戸を駈けずり廻りすっかり腹が減っている。昼に盛り蕎麦を食べただけだ。源之助が自分から食事を求めるのは珍しいことで久恵はおやっとした表情を浮かべた。

「ただいま、お持ちします」

久恵はそれでもうれしそうに答えた。居間に入り羽織を脱ぐ。

「源太郎はどうした」

訊くと、

「宗方《むなかた》先生の道場に行っております」

宗方とは八丁堀で町道場を開いている宗方法斎《ほうさい》のことで、中西派一刀流の剣術の他、十手術なども教えている。

「熱心なことだな」

「近頃は毎日、通っておりますよ」

久恵も声を弾ませた。

父親が閑職に追いやられ、同心としての自覚が出たということか。

「夕餉をお持ちします」

久恵は出て行った。

心地良い充実感に身を包まれながら夕食を待つ。もう、夜食と言った方がいいのだが。

やがて、膳が運ばれて来た。

山盛りの飯に沢庵、卵焼き、油揚げの味噌汁、おからが添えてあった。

「一本、お付けしましょうか」

泥酔した夜以来、酒は口にしていない。久恵は源之助の浮き立った態度に酒を勧めたのだろう。一本くらいなら大丈夫だ。今晩は少しだけ飲みたい気がした。しばらくぶりで町廻りをし、探索めいた仕事をしたことで大いなる満足感に浸されているのだ。酒の一本も飲んで一日の締めくくりとしたい。

「ならば、頼む」

言って沢庵をぽりぽりと噛んだ。甘みがじんわりと滲み出、飯をかき込む。食が進む。

「美味い」

なんとも言えぬ幸福感を感じた。飯が美味いと感じられることがいかによろこばしいことか、尊いことかと心の底から思った。

ふと、伝三郎のことを思った。伝三郎は重い役目を負っている。なんとしても仙吉を見つけ出し、捕縛しなければならないのだ。

伝三郎の田舎者丸出しのまるで江戸見物のような探索ぶりも、仙吉が見つからなければ長くは続かないだろう。焦燥に襲われるに違いない。このまま、見つけ出せなかったなら、伝三郎は国許には帰れない。子供が生まれるところに立ち会うこともできないのだ。

弱気に陥る自分に気づいた。閑職に追いやられたことがそんな気にさせてしまうのだろうか。

「どうぞ」

久恵はやや声を上ずらせ酒を持って来た。

「すまん」

受け取ろうとしたが、久恵が徳利を持ち、酌をしてきた。

「うむ」

それを受けた。温かい気持ちに浸れた。

三

翌朝、南町奉行所の姓名掛のある土蔵に入った。既に、山波が来ていた。脇には伝三郎もいる。伝三郎は山波相手に話をしていた。昨日、訪ねた所を目を輝かせて話している。

その姿を見ていると、微笑《ほほえ》ましくもあり、その暢気な態度に腹立たしくもなった。

源之助に気がつくと、

「おはようございます」

伝三郎はぺこりと頭を下げた。

「早いな」

笑顔を作った。

「山波殿がこんなに描いてくださいました」

伝三郎は人相書きの束を身に抱えた。

「それはかたじけない」

「ざっと、五十枚くらいですが、これで、精一杯でござった」

山波は少しはにかみながら言った。

「十分です」

「ありがとごぜえます」

伝三郎はお国訛り丸出しだ。

「なんの、わしも好きな絵でお役に立てて良かった」

山波も満足そうだ。

「これを江戸中に撒く」

源之助は伝三郎に言った。

「どうやって撒くんですか」

伝三郎は一転して不安そうな顔になった。

「それは、まあ、任せろ」

言うや、

「ならば、早速行くぞ」

と、伝三郎を連れ出した。

「どちらへ」

伝三郎は追いかけて来る。今日も唐草模様の風呂敷包を背負っていた。

「いいから来い」

足早に向かう先は神田三河町、京次の家だ。

京次の家が近づく。三味線の音が聞こえてくる。

「おや、これは」

伝三郎は珍しそうな顔になった。

「ひょっとして蔵間殿、いい人を囲っておられるのですか」

伝三郎は下卑た笑いを浮かべた。

「馬鹿、そんなわけないだろう」

軽く頭をこづいた。

伝三郎は真顔になる。どこまでが本気で冗談なのか理解に苦しむ男だ。

「いいから、来い」

言うや格子戸を開けた。

「京次、いるか」

声をかけると間もなく、

「こりゃあ、旦那」

京次が姿を現した。

「上がるぞ」

返事を待つこともなく家に上がる。伝三郎にも上がるよう目で促す。

「お邪魔しますだ」

伝三郎が頭を下げると、

「頭なんか下げることないんだよ」

源之助は快活に笑った。

「ええ、遠慮なさらず」

京次は源之助の客、しかも、侍ということで気を使っているようだ。

伝三郎は言われながらもぽかんとしながら源之助について行った。

「お峰、旦那方に茶だ」

「あいよ」

奥から艶のある声が返された。

「すまねえな」

「いいえ、旦那こそ、お元気そうで安心しましたぜ」

「おれがくたばっているとでも思っていたのか」

「そんなことは思っちゃいませんよ。旦那は転んでもただで起きるようなお方じゃありませんや、ねえ」

京次は伝三郎に声をかけたが、見知らぬ男だと気づき、口をつぐんだ。

「この人はな、喜多方藩の鶴岡伝三郎殿だ」

源之助に言われ、

「鶴岡です」

伝三郎は口の中でもごもごと言った。

「実はな」

源之助は伝三郎と知り合った経緯、それから手伝っている仙吉探索のことをかいつまんで話した。京次は聞き終わってから、

「旦那も物好きな」

と、呆れたようにしばらく伝三郎を見ていたが、

「そら、大変ですね」

と、同情を示した。

「そう、思うだろ」

すかさず源之助が言い添える。

「ええ、だって、見つけるまで国に帰れないんでしょう」

「そうなんです」

伝三郎は急にしおらしくなった。

「おい、そんなこと言うなよ」

「すんません」

京次は頭を下げた。伝三郎は、

「いえ、本当のことですから」

伝三郎の朴訥な言い方で言われてみると、妙に心が和んだ。

「ま、いい、それよりな」

源之助は伝三郎を見た。伝三郎は、はっとした顔をしている。

「人相書きだよ」

源之助に言われ、その時初めて伝三郎は唐草模様の風呂敷包を背負っていることに気がついたようで、あわてて風呂敷を解き、

「そうです。これなんです」

と、人相書きを取り出した。

「この男なんだ」

源之助は一枚を京次に手渡した。京次は、

「この男ですか、仙吉って悪党は」

しげしげと視線を凝らした。

「悪そうな男だろう」

「そうですね」

京次はうなった。伝三郎は黙って二人のやり取りを見守っている。

「この男を探し出したい。ついては、おまえ、手助けをしてくれ」

源之助は軽く頭を下げた。伝三郎も、

「お願えします」

と、両手をつく。京次は恐縮して、

「いや、そんな、どうぞ、頭を上げなすって」

と、言った時お峰が茶を運んで来た。

「どうぞ」

お峰は艶っぽい声で茶を置く。伝三郎は鼻の下を伸ばした。源之助は伝三郎を睨んだ。伝三郎はあわてて視線をそむけ茶を啜る。

「わかりました。任せてください。これを、自身番に配ってきます。配るだけじゃなくて、探索をしてみます」

「すまんな」

「なに、おっしゃっているんですよ。旦那の頼みじゃありませんか」

「でも、北町の連中にはこれだぞ」

源之助は口に指を立てた。

「わかってます」

京次は胸を叩いて請け負った。

「それから、そうだ、おまえの家主蓬萊屋の線で掛け軸を探して欲しい」

「おやすいご用で。早速、蓬萊屋さんと骨董屋仲間に出回っていないか、聞いてみますよ。どんな、掛け軸なんです」

伝三郎は風呂敷包から持参した掛け軸の図柄を記した絵を持ち出した。富士の裾野で武将が鷹狩りをしている絵である。京次は預からせてくださいと丁寧に受け取った。

「まあ、茶を飲んでください」

伝三郎は茶を飲み込み、

「あの、厠を借りたいんですけど」

「厠なら」

京次はお峰を呼んだ。伝三郎はお峰の案内で厠に立った。京次が、

「今、新之助さまと山犬の団吉の野郎どもを追っていますよ」

「団吉をか……」

報徳寺の一件が甦る。悔しさで胸が熱くなった。

「ええ、新之助さまも蔵間の旦那の敵討ちだって、張り切っていますよ」

「団吉は報徳寺ではもう賭場を開いていないんだろ」

「さすがに、あんなことがありましたからね。報徳寺は、今はおとなしくしてますよ」

「だろうな」

「団吉は報徳寺からは姿を消してしまいました。しかし、あいつらが、いつまでもおとなしくしているはずがございません。じきに、尻尾を出すに違いありません」

京次は目をぎらぎらと光らせた。

「まあ、無理はするな」

「いや、このままじゃ収まりませんや」

「馬鹿に力を入れているじゃないか」

「そらそうですよ。旦那や大野さまの仇討ちですからね」

京次は声を落ち着かせた。

四

「でね、探索をしてみて、団吉に漏らしたのはどうやら、寺社方じゃねえかって話で落ち着いているんですよ」

京次は顔を歪ませた。

「報徳寺を摘発するわけにはいかなかったんだな」

「止められてましたがね、あっしゃ、どうにも気になって恵比寿屋宗五郎の話を聞きに行ったんですよ。少々手荒な真似とは思ったんですが、罪は問われなくてもおまえが博打に興じていることを瓦版に流せば、恵比寿屋の暖簾に傷がつくだろうなって、脅してやりました」

宗五郎は寺社奉行三村備中守の屋敷に送られ、源之助を陥れる証言をさせられた。おかげでお咎めなし。三村は報徳寺と取引して、町方が踏み込む情報を漏らした。

「あの時、小検使の皆川殿がやたら躊躇っていた。なかなか踏み込むことをしなかった。それには、そんな裏があったんだな。時を稼いでいたんだろ。で、団吉はどうなったんだ」

「団吉は報徳寺からお払い箱になったそうです」

「つまり、報徳寺には一切のお咎めなし、ということか」

「そういうことです。宗五郎はお咎めなしになった見返りに大奥に無償で大量の呉服を納めなければならないそうで、ふうふう言ってますよ」

「上のやることは……」

怒りがじんわりとこみ上げる。三村のために自分は閑職に追いやられ、大野は自刃したのだ。

「寺社奉行さまが相手じゃどうしようもありませんや。三村さまは近々、大坂城代になるって噂ですよ」

三村は己の出世栄達のために法を曲げて悪党を逃がし、それによって利益を納めていたということになる。

「触らぬ神に祟りなし、ということか」

皮肉な笑いを浮かべたものの、目はどうにも柔らかにはならない。

「悔しいですがね」

京次もそれは同様とみえて、悔しそうに顔を歪ませた。

「話はわかった」

吹っ切るように頭を横に振った。京次は表情を落ち着かせ、

「ですからね、このままでは引っ込むことはできませんから。あっしゃ、団吉一味の後を追っています」

「どうやってだ」

「宗五郎を徹底的に追っているんです。あっしも、隠密廻りの旦那方も、日が暮れて

宗五郎が出かけるのを待ってますよ。きっと、団吉の賭場に出かけるに違いないってね。博打ってもんは、やりつけると、なかなか抜け出せないもんですからね」

「それは、そうだが」

源之助は言葉を止めた。

「どうしたんですよ、そんな変な顔をなすって」

「いや、ふと、自分の迂闊さを思っているのだ」

源之助は沈んだ顔をした。

「どういうことですよ」

「おれが、勇んでしまったんだなってな。おれが手柄を立てることに夢中になって、すぐに寺社方に捕縛を依頼してしまった。政《まつりごと》の取引なんかを無視してな。手柄立てることしか眼中になかったんだ」

「それは、旦那のお立場なら無理ねえことじゃありませんか」

「そうだろうか」

「そうですよ、旦那は一本気なお方だ。だからこそ、これまで悪党をのさばらせなかったんじゃありませんか」

「しかし、そのために大野さまは……」

源之助が嘆いた時、

「お待たせしました」

伝三郎が戻って来た。

伝三郎の素朴な面持ちを見るとほっとした。

「どうしました」

伝三郎は源之助と京次の間に漂う妙な空気を感じ取ったようだ。

「いや、なんでもない」

源之助は口ごもった。伝三郎はそれが気になったようで、

「おらの、いえ、わたしのことで何かあったんでないかと思いまして」

「そんなことはない」

「ええ、気になすっちゃ、いけやせんよ」

京次もあわてて言い添える。

「ほんとですか」

伝三郎が言ったところでお峰が牡丹餅を持って来た。

「さあ、美味いですよ」

京次が勧める。

伝三郎の赤い頬が揺れた。

「うまいぞ」

源之助はまず自分が食べてみせた。

伝三郎は小さな目を細め美味そうに牡丹餅を頬張った。


源之助と伝三郎は墨堤にやって来た。ここは、享保二年（一七一七年）、八代将軍徳川吉宗が植林させた桜の名所として知られている。晴天に恵まれ、うららかな日差しが降り注ぐ中、満開の桜が今を盛りと咲き誇っている。大川の水面にもその優美な姿が映り、まさに春爛漫である。堤の上は花見を楽しむ多勢の男女で溢れていた。

「いやあ、すんげえ」

もはやお定まりになったこの台詞を伝三郎は吐いた。

だが、今日の伝三郎はいつまでも桜に心を奪われることはなく、視線は桜を愛でる男たちに向けられた。やっと、自分の役目に対する自覚を覚えたのかと源之助も気合いを入れる。

すると、人混みの中から若い娘の悲鳴が聞こえた。花見酒に酔った男が乱暴をしているのかと、人垣をかき分けた。伝三郎もついて来る。案の定、桜の木の下で胡坐をかいていた三人の男たちが娘にちょっかいをかけている。みな、揃って半纏を着、素足に雪駄を引っ掛けている。旗本屋敷の中間、しかも、半纏に主家の紋をつけず、鎌と輪とぬの字を染め抜いていることから、渡り中間とわかった。鎌と輪とぬの字は構わぬ、つまり、何をしても構わぬの意思表示だった。それほどに卑屈に見られる連中だが、行状が悪いことで知られている。町方の手が入らない旗本屋敷の中で暮らすのをいいことに、中間部屋が博打の巣窟になっていることも珍しくはない。

この時も、五合徳利をぶら下げ、行き交う娘にからかいの言葉を投げたり、抱きついたりしていた。

「性質《たち》の悪い連中だ」

源之助がつぶやいた時、伝三郎は呆然と立ち尽くした。小さな目が大きく見開かれた。拳を握り締めている。伝三郎の視線を追うと、三人の渡り中間の一人に注がれている。

右の耳に大きな黒子があった。馬面のその男は、まごうことなき仙吉だ。伝三郎同様、源之助の胸も激しく疼《うず》いた。高ぶる気持ちを抑え、

「よいか、知らぬ素振りをせよ。一旦、仙吉の前を横を向いて通り過ぎるのだ」

源之助は伝三郎の耳元で囁いた。

ところが、伝三郎は心ここに在らずといった風だ。突然、大声を上げた。すぐに仙吉に気づかれた。仙吉の動きは早かった。源之助と伝三郎が捕縛に向かう前に、娘を突き飛ばした。娘は悲鳴を上げながら人混みに倒れた。堤の上は人が入り乱れた。

「仙吉！」

「どいてけろ」

伝三郎は必死で仙吉を追う。ところが、幾重にも重なった人垣に阻《はば》まれ思うように進めない。それは、源之助も同様だった。

二人がようやく人垣をかき分けた時には仙吉の姿はなかった。

眼前には流麗な桜並木とそれを愛でる人々の姿がある。仙吉捕縛に失敗し、呆然と立ち尽くす源之助と伝三郎に桜の花びらが無情に舞い落ちてきた。

第六章　不似合いな三味線

一

二人は無言で長命寺の門前町にある山本屋という茶屋に入った。

「駄目だ」

伝三郎は縁台に崩れ落ちるようにしてうなだれた。

源之助は茶と桜餅を頼んだ。

「ここの桜餅は江戸でも特に評判だ。享保二年（一七一七年）、下総《しもうさ》の銚子から江戸に出て来た新六《しんろく》という男が長命寺の門番をしながら桜の葉を集めて桜餅を作り、参詣客に配ったのが始まりとされている。ざっと、百年近く前のことだ」

伝三郎は生返事をするばかりだ。

「いつまでもくよくよするな」

源之助は伝三郎の肩を叩いた。伝三郎は顔を上げ、

「逃げられただ」

「また、捕まえればいいさ」

「ほんでも、一旦、取り逃がしたからには仙吉は江戸を逃げ出すかもしれません」

「そう、簡単にはいかんさ」

「どうしてですか」

「人相書きが配られているんだ。品川、千住、板橋、内藤新宿の四宿《ししゅく》には人相書きが出回っている。迂闊には江戸を出ることはできんさ」

「そうでしょうか」

「なりからして渡り中間をやっているようだ。いずこかの旗本の屋敷に潜んでいるに違いない。旗本屋敷は町方の差配外だ。無理して出て行くより、屋敷の中に身を潜めているさ」

「んだば、その旗本屋敷を探すちゅうことになるのかね」

伝三郎はやや、元気を取り戻した。折よく、桜餅が届いた。

「さあ、桜餅を食べろ」

「はい」

元気になったのか、伝三郎は桜餅を夢中になって頬張る。

「うんめえ」

赤いほっぺたが落ちそうになるくらいに感動をしている。たちまち喉に詰まらせた。

あわてて、茶を飲む。

「おい、急がなくてもいいぞ」

源之助は背中をさすってやった。

うなずいたそばから伝三郎はまたも喉に詰まらせる。

「おい、おい」

笑いが漏れた。再び茶を飲み干しやっと落ち着きを取り戻した。

「なら、早速、旗本屋敷を調べましょう」

「そう簡単にはいかんが」

源之助は言いながら、伝三郎に大きな希望を与えてしまったことにわずかながらの後悔を抱いた。

「ほんと、うめえ」

伝三郎は先ほどまでの塞《ふさ》ぎようはどこへやら、今はニコニコと快活な表情で桜餅をぱくついている。

その横顔を見ていると、なんとも知れぬほんわかとした気分に浸れた。

「国許にも持って行ってやりてえ」

「女房に食わせてやるのか」

「そうです。それに、親父やおふくろにも。おふくろは、甘い物が大好きなんです」

伝三郎は故郷を懐かしむように遠い空を見上げた。

「でも、喜多方まではもたないだろう」

「そうですね」

「早く、帰れるといいな」

「んだ」

伝三郎は黙々と桜餅を食べ続けた。


その日の夕方、帰宅の途中、屋敷が近くなった所で、

「父上」

と、背後から源太郎に声をかけられた。どきりとしながら振り返る。

「なんだ」

源太郎は、

「少々、お話があります」

「家はもうすぐだ。帰ってからでもよいではないか」

「ですが、その前に」

源太郎は奥歯に物が挟まったような言い方だ。

「ならば、いずこかへまいるか」

「あそこの稲荷ででも」

「よかろう」

源之助は源太郎と共に稲荷に入った。夕風が静かに流れている。鳥居を潜ると、誰もいなかった。地平の彼方が茜に染まり、空は紫がかっている。三日月がくっきりと顔を覗かせ、星影が美しかった。春の日が平穏に暮れようとしている。

狛犬の前で源太郎は立ち止まり、

「本日、南町奉行所の姓名掛に顔を出してまいりました」

どきりとした。

「そうか」

素知らぬ風を装う。

「父上、おられませんでしたね」

「何時頃《なんどき》だ。たまたま、だろう」

「そうでしょうか。山波さまは、父上は病欠だと奉行所へ届け出をしておられました」

「そうか」

声が小さくなる。

「どこへ行っておられたのです」

「どこということはない。桜見物をしたくなったのだ」

源之助は開き直った。源太郎はやや気色《けしき》ばんで、

「そんなことはございますまい」

「どうしてだ」

「父上がお役目を怠って、桜見物などするお方ではない、ということは誰よりもわたしが存じております」

「何が言いたい」

「このところ、お帰りが遅うございますね」

「それがどうした。お役目であるから仕方あるまい」

源太郎は口ごもっていたが、

「こう申してはなんですが、姓名掛はそれほど忙しい掛ではございません。お役目で
そんなに遅くなるとは思えません」

「このところ、引継ぎやらなんやらで忙しいのだ」

むきになってしまった。

「口には出されませんが、母上も心配なさっています」

「何が言いたいのだ」

「わたしは、父上が心配なのです」

源太郎は訴えるような目をした。

「まさか、わたしが浮気でもしていると、女遊びでもしておると考えておるのか」

わざと冗談めかして笑いを浮かべた。

「そうでは、ございません」

「では、何だ」

「父上、山犬の団吉一味を追っていらっしゃるのではないですか」

思いがけない問いかけだった。

「何故、そのように疑う」

「団吉は父上や大野さまにとっては、仇です。父上が捕縛の執念を燃やされるのは当然と思います。また、父上ならば、このまま引き下がるとは思えません」

「それは買いかぶりというものだ」

「買いかぶりではございません。わたしは心配なのです。そのようなことをなされて、上にでも知れれば、大変なことになります。同心を辞めねばならないかもしれません。それればかりではありません。万が一団吉一味の手にかかって、父上のお命が」

源太郎に詰め寄られた。

誤解に違いない。だが、それは、源太郎にとっては、いい加減にできないことだろう。久恵もそう思っているのかもしれない。

正直に話そうか。

いや、喜多方藩の面子《めんつ》というものがある。それに、正直に話したところで、源太郎の心配は去らないだろう。団吉一味探索に代わって仙吉探索が心配の種となって心を煩わせるだけだ。

はぐらかそう。心ならずも欺こう。

「あははは」

源之助は腹を抱えて笑い出した。

「どうされたのです」

源太郎は目をぱちぱちとさせた。

「いや、すまん。おまえが、あまりにまじめな顔をしているものでな」

「はあ……」

「実はな、姓名掛に配属されて妙にむしゃくしゃしてな。町方の役目を行っておることが馬鹿らしくなったのだ。それで、時折、奉行所を抜け出しては方々を散策したり、帰りがけには」

ふと、思案した。源太郎はどうしたのだという疑惑の目を向けている。

「その、なんだ、申しにくいのだがな、実は京次の女房に三味線を習っておるのだ」

と、頭を掻いてみせた。

「三味線ですか」

源太郎は意外な答えを聞かされ顔をしかめた。

「馬鹿なことと、笑いたいか」

「いえ、笑うなど、その、あまりに意外なお答えでございましたので」

「さも、あろうな。自分でも驚いておる。しかし、ふと、魔が差したというか、京次の家に寄ってお峰が三味線を弾いているのを見たり聞いたりし、手習いに通う者たちのうれしそうな顔を見ていると、つい、やってみたくなったのだ」

「はあ、そうなので……」

「おかしいか」

「いえ、そういうわけでは」

「楽しいものだぞ。おまえも、やってみるか」

「いいえ、わたしは」

源太郎は大きくかぶりを振る。

「ま、おまえはその前に大事なお役目があるからな」

源之助は笑い声を放ち稲荷を後にした。

二

翌日、源之助は伝三郎を伴い、芳町の口入屋上総屋を訪れた。今日も伝三郎は唐草模様の風呂敷包を背負っている。

「御免」

暖簾を潜り、帳場に顔を出すと、伊兵衛が、

「どうぞ」

　と、茶を勧めてくれた。源之助は座るなり、

「頼んでおいた男、どうやら渡り中間となって旗本屋敷に奉公に入ったらしい。だから、この一月《ひとつき》あまりで渡り中間を斡旋した旗本屋敷を知りたいんだ」

「なるほど」

　伊兵衛はうなずいた。そして、にこやかに、

「手前どもも大方、そんなことだろうと察しておりました」

　と、立ち上がり、大きな帳場机をごそごそと探ってから、

「これ、これ」

　と、何枚かの書付を取り出して来た。

「手前どもと仲間内の口入屋で斡旋致しました旗本屋敷でございます」

「さすがは、伊兵衛だ」

「蔵間さまに誉められると、なんだか面映《おもはゆ》いですな」

「まあ、そう言うな」

　言いながら書付に目を通した。全部で五枚あった。一枚一枚に目を通していく。伝三郎も脇に風呂敷包を下ろし、源之助の肩越しに覗き込んできた。源之助の手が三枚

目で止まった。

「篠山左兵衛助、さま」

報徳寺で対決した篠山である。伊兵衛はそれに気づき、

「篠山さま、御公儀御小納戸頭取をお務めのお旗本でいらっしゃいますな」

「左様」

様々な思いが胸に去来する。

「どうしたのです」

伝三郎がいぶかしんだ。

「いや、その、たまたま、見知ったお方なのでな」

「そんですか」

伝三郎は風呂敷から武鑑《ぶかん》を取り出し奉公口を記した書付にある旗本を調べ始めた。

武鑑は大名や旗本の石高、家格、屋敷地、紋所、役職が掲載されている。

「伊兵衛、かたじけない。仙吉はこの五つのいずれかの旗本家に潜り込んだ可能性が大きい。決めつけることはできぬが、当たってみる値打ちは大いにある」

「そう言っていただけると、わたしも働いた甲斐があるというものでございます」

源之助と伊兵衛のやり取りを聞き伝三郎は、

「上総屋殿、かたじけない」

着物の襟を開け、腹に巻きつけた巾着から小判一枚を取り、差し出した。伊兵衛は大きく首を横に振り、

「これはいけません」

伝三郎は、

「どんぞ、受け取ってくんなせえ」

源之助は、

「まだ、仙吉が捕まったわけではない。これは、仙吉が捕まってからでもいいだろう」

と、間に入り、伊兵衛も、

「そうでございますとも」

と、小判を返した。伝三郎は迷う風だったが、「んだば」と巾着に小判を戻した。

「ならば、この五つを当たってみるか」

伝三郎も希望の光が差し込んだことで表情を明るくした。

「伊兵衛、礼を申す」

「なんの、吉報をお待ち申し上げます」

伊兵衛は春風のような爽やかな笑みを浮かべた。

二人は上総屋を出た。

「まんず、どこさ、行きますか」

「そうだな、ここの近くへ参ろう」

芳町から程近い浜町堀にある小普請支配飯尾監物《いいおけんもつ》という旗本屋敷から始めることにした。

「あの、先ほど、蔵間殿が目に止めておられたお旗本からではどうです」

伝三郎は気になったようだ。

実は源之助もそのことが気になっていたのだ。篠山とは因縁浅からぬ関係にある。ここで、その名前が出たのも何かの導きのような気がする。それなら、真っ先に向かいたいところだ。

しかし、余計な既成概念を抱かず、一軒、一軒を確実に調べるべきだと考えた。

いや、本音を言えば、報徳寺の一件が足枷《かせ》となっているのだ。痛い目に遭わされた。そのことが胸に横たわり、つい、篠山の屋敷を後回しにしてしまうのだ。

「あそこは、後でよい」

「御公儀のお偉いさんだからですか」

実際、篠山は大奥にも影響力を持つ高級旗本だ。

「まあ、そういうことだ」

「蔵間殿らしくねえ」

伝三郎はすねた言い方をした。

「なんでだ」

「妙に遠慮なさってるから」

「そんなことはない」

痛いところをつかれ、ついむきになってしまった。伝三郎は自分が悪いことでもしたようにうなだれながら、

「お気を悪くなすったんじゃないかな。素人が生意気なことを言ったんではねかな」

と、心配そうな顔をした。源之助は、

「いや、そんなことはない」

「ほんでも、いらんことを言ってしまって、悪い気持ちになったんじゃないですか」

「そんなことはない。そう、そう、簡単に謝るなと申したであろう」

「蔵間殿、何か心に含んでおられることがあるんじゃないですか」

「それは、まあ」

源之助は口ごもってから、

「いいから、行くぞ」

強い口調で言い直した。

「わかりました」

伝三郎は気分を変えるように手足を大きく動かした。

源之助と伝三郎は浜町堀にある旗本小普請支配飯尾監物の屋敷にやって来た。伝三郎は風呂敷包を背中から下ろし、一冊の分厚い書物を取り出した。武鑑だ。

伝三郎はその中から飯尾の項目を開き、

「飯尾監物、直参旗本、三千石、小普請支配」

声に出して読み上げた。

小普請支配は小普請組に属する旗本を監督する役柄である。小普請、すなわち、非役の旗本の希望する役職を聞いてやり、然るべき者を斡旋する役を担う。役目柄、求職する旗本からの付け届けが多い役得のある役職である。

それを示すように屋敷の築地塀から覗く松の枝は手入れが行き届いていた。屋根も真新しい瓦で葺かれている。

「すんげえ、立派だ」

伝三郎は威圧されるように見上げた。青空に映える屋敷は豪壮なものだった。

「御公儀には非役の旗本衆が多いからな。小普請支配さまに嫌われないように必死だ」

なんだか、幕府の恥部を見せているようでいい気はしない。

「御公儀の旗本さまはすんげえな」

伝三郎は無邪気に感心する。

「立派なお屋敷だな」

「ここをどうやって、調べるんですか」

伝三郎の問いかけは源之助自身、道々ずっと考えていたことだ。

「この人相書きを見せて、聞いてみましょうか」

伝三郎は門番を見た。

「そんなことをしても、怪しがられるだけだ」

「そんなら、どうすればええだか」

「ここは、わしに任せておけ」

「頼んます」

伝三郎はぺこりと頭を下げた。

「ここで待っておれ」

源之助は練達の八丁堀同心の威厳を示すように咳払いをすると、すたすたと門番に向かって歩き出した。伝三郎がついて来そうになったので、

「待ってろ」

と、強い口調で言いつけ足早に向かう。

門番に近づき、

「失礼申す」

と、まずは言葉を放った。

「はあ、なんでしょう」

門番は源之助が八丁堀同心と認めそれなりの礼を尽くすように受け入れた。

「拙者、北町奉行所同心蔵間源之助と申す」

ここで言葉を区切った。門番はけげんな顔をしている。ここは、不意をつくしかない。

「渡り中間でこの男をご存知ないか」

　さっと、人相書きを開き閉じた。門番は思わず引き込まれるように視線を送ってきた。

「な、なんでござる」

　ここだとばかりに、

「この男をご存じござらんか」

　今度は少し長めに人相書きを示した。門番の二人は身を乗り出してきた。

「ええ、この男」

　一人が人相書きを取り、もう一人に示す。二人は視線を注ぎながらお互いの顔を見交わす。そして、首を捻った。

「まだ、雇われて一月と経っていないのだが」

　源之助が訊いた時、

「こら、こら、何をしているんだ」

　いかめしい顔をした武士が出て来た。番士は困ったような顔で持ち場に戻った。源之助は今度はその武士に人相書きを向けたが、武士から、

「町方の役人とお見受けする。何用でござるか。みだりに当家に探りを入れないで頂きたい。門前をうろうろとされては、はなはだ迷惑でござる」

はなから拒絶された。源之助が言葉を発しようとした時、

「立ち去られよ」

強い言葉と共に追い払うような素振りを示された。門番もすっかり口を閉ざしてしまった。

源之助は仕方なく伝三郎に歩み寄った。

「いかん。警戒厳重だ」

弱ったように首を傾げる。伝三郎は、

「どうしましょう」

哀願口調である。

「何か工夫をせねば」

源之助は思案した。すぐに、一人の男が思い浮かんだ。

三

二人は共に日本橋長谷川町にある杵屋善右衛門の店にやって来た。間口《まぐち》十間《けん》、漆喰、塗り壁造りの堂々たる店構えである。紺地暖簾に白字で杵屋の屋号と杵を模《かたど》った商標

が染め抜かれている。春風にたなびく暖簾を潜ると多勢の人間の声が活発に行き交っている。

土間を隔てて小上がりになった三十畳ほどの座敷には色とりどりの履物が陳列棚に並べられている。

店の手代が客の応対に追われていたが、その中の一人が、

「蔵間さま、ようこそおいでくださいました」

と、声をかけてきた。

「おお、善太郎《ぜんたろう》、まじめにやっているか」

「おかげさまで」

善右衛門の息子善太郎である。

善太郎ははにかんだような顔を見せてから、

「親父にご用ですか」

「ああ、ちとな」

ちらりと伝三郎を振り返った。善太郎は伝三郎にぺこりと頭を下げてから、

「どうぞ、こちらへ」

善太郎に導かれ通り土間を奥へと進んだ。途中、店の奉公人や客と行き交いながら、

店を抜け、裏手に出た。母屋があった。飛び石伝いに母屋の玄関に至り、玄関を上がって庭に面した客間に通された。

「じきにまいります」

床の間を背負わされて待っていると、

「ようこそ、お越しくださいました」

善右衛門はにこやかな顔で入って来た。

「善太郎、まじめに働いておるようだな」

「蔵間さまに連れ戻していただいたおかげで、すっかり立ち直り、今ではとても熱心に働いてくれています」

善太郎は二十三歳、三年前に賭場に遊んだことが縁でやくざ者との付き合いが始まり、酒、女に身を持ち崩した。やくざ者は善太郎が大店の倅であることを利用し、金のなる木とばかりに善太郎から金を絞り取った。善右衛門は源之助に泣きついた。

源之助は単身、やくざ者の巣窟に乗り込み、やくざ者もろとも善太郎を捕縛した。善太郎は五十叩きの刑を受け、それから、源之助にこんこんと説教をされた。

勘当されかけたが、なんとか家に戻ることができた。以後、心を入れ替え、店の下働きから始め、まじめに働くようになった。源之助は善太郎が再び悪の道に足を踏み入れないように時折、顔を出しては励まし続けた。

善右衛門はそれ以来、源之助に感謝と尊敬を持って接している。

「まあ、なによりだ」

「ありがとうございます」

善右衛門はここで無言の問いかけをしてきた。源之助は、

「本日まいったのは頼みがあってな」

ちらりと伝三郎を見る。伝三郎はぺこりと頭を下げる。

「承りましょう」

善右衛門は表情を落ち着かせた。

「旗本屋敷を探りたいのだ」

源之助は伊兵衛からもらった口入の書付を示し、仙吉がこれらの旗本屋敷のいずれかに潜伏している可能性があることを話した。

「なるほど、そうですか」

善右衛門は書付を一枚、一枚、丁寧に読んだ。

「それでだ」

源之助はここで思わせぶりに笑みを送る。善右衛門は困ったような顔をして、

「わたくしに助力せよと」

「頼む」

源之助が頭を下げると、

「蔵間さまの頼みとあれば、断れませんな」

その顔は満更でもなさそうだ。

伝三郎が二人の思わせぶりなやり取りを見ながら、

「どうしたんです」

と、首を捻る。源之助はニヤニヤ笑いながら、

「いや、この善右衛門殿はな、なかなかの芸達者なのだ」

すぐに善右衛門が、

「いや、芸というものでは」

と、頭を掻くと、

「どうしたんです」

伝三郎は狐に摘まれたような顔になった。善右衛門は縁側に出て、

「善太郎を呼んできておくれ」

と、女中に命じた。それから源之助に向いて、

「近頃では善太郎と一緒にやっておるのですよ」

源之助は伝三郎に、

「善右衛門殿はな、新たに出入りする武家屋敷を獲得する仕事を自らやっておられるのだ。自分でこれと狙いをつけた屋敷に乗り込んで行かれる」

伝三郎は賞賛の言葉を口に出した。

「まあ、好きでやっておることです」

言うと善太郎が入って来た。

「善太郎、これから、このお屋敷にお出入りが叶うよう商いをするよ」

善右衛門は書付を見せた。善太郎は、

「お旗本のお屋敷ですね」

生き生きと目を輝かせた。

「では、明日から始めます」

善右衛門はうれしそうだ。

「わしも一緒に行く」

「ええ、蔵間さまもですか」

善右衛門と善太郎は顔を見合わせた。

「おお、そうだ」

「でも」

善太郎は困った顔をした。

「なに、邪魔はせん」

「我らと一緒に商いをされるのですか」

善右衛門の問いかけに、

「そうだ。だから、明日、手代の着物を貸してくれ」

「はあ」

善右衛門は苦《にが》い顔でうなずいた。源之助が一旦、言い出したらてこでも引かないことをよく知っているのだ。

「あの、わたしも」

伝三郎がおずおずと身を乗り出してきた。

「いや、それは、やめたほうがいい。すぐにばれてしまう」

源之助は抗ったが、

「いんや、おらも一緒に行かないことには気が収まりません」

「しかしなあ」

源之助は苦渋の色を浮かべた。

「お願えします」

伝三郎も引かないようだ。

「では、申し訳ございませんが、蔵間さまと一緒に履物の荷を背負っていただいて、顔は手拭いで隠していただき、一言も話をされない、というのはどうでしょう」

善右衛門が言ったものだから、

「わしは商いの口上を述べたり、履物を勧めたりするよ」

源之助は心外だとばかりに目をむいたが、

「それは、いけません。お武家さまがにわかに商人の真似をしたら、かえって怪しまれます」

善右衛門が強い口調で言うと、

「そら、そうですよ」

善太郎も言い添える。源之助は苦い顔をしながら、

「まあ、しょうがないか」

「おら、なんでもええです」

「では、そういうことで」

善右衛門はにこやかである。新規のお得意獲得は善右衛門には何よりも心浮き立つ仕事なのだ。

「ならば、これにて」

「明日の朝、お待ちしております」

「頼む」

源之助は伝三郎と共に立った。

杵屋を出たところで、

「では、明日な」

「よろしくお願い申し上げます」

「これで、糸口が見つかった。気張るぞ」

「蔵間殿、かたじけない」

「まだ、終わってはいない。これから、だ」

伝三郎の肩を叩いた。

日に日に夕暮れ時が長くなった。春の深まりを感じさせる。桜が散るまでに仙吉を見つけ出せるだろうか。いや、出さねばならない。

奇《く》しくも、

「国許の桜を見たいです。もうすぐ、満開ですから」

「喜多方は桜が咲くのが遅いなあ」

「けんど、江戸に負けねえくらいきれいだ」

「女房と一緒に見れば、一層、その思いが募るだろうな」

伝三郎は北の空を懐かしそうに見上げた。

四

源之助は京次の家に向かった。

昨日の源太郎への言い訳の裏づけを固めておこうと思ったのである。

「京次、いるか」

格子戸を開けると、お峰が出てくるところと鉢合わせしてしまった。

「おや、旦那。あいにく、うちの人は湯へ行っているんですよ」

「じゃ、出直すか」

「もうすぐ、帰って来ますから、どうぞ、お上がりになって」

「ならば、上がらせてもらうか。丁度、あんたに話があったんだ」

「おや、ま、何でしょうね」

お峰は艶然とした笑みを投げかけてきた。

「ま、上がってからだ」

源之助は居間に入った。お峰が茶に羊羹を添えて運んで来た。

「すまん」

言ってから茶を一口飲み、お峰に向き直る。お峰は思わず身構えた。

「実はな、お峰、わしを、あんたの弟子にして欲しいのだ」

源之助は改まった顔をした。お峰はぽかんとしていたが、やがて、ぷっと吹き出して、

「なんですよ、いきなり」

次第に笑みを深めた。

「わしが常磐津《ときわず》を習ってはおかしいか」

源之助は照れくさそうに頭を掻いた。

「おかしいですよ。凄腕同心と評判の蔵間の旦那が三味線を手にしてるところなんて、おかしくて想像できませんね」

お峰は声を上げて笑った。

「そんなにおかしいか」

源之助はいかつい顔を赤らめた。

それを見てお峰は笑いが止まらなくなった。

「そんなにおかしいか」

やや、不機嫌な顔をした。

「おかしいですよ」

お峰は必死で笑いを堪えた。

「凄腕同心は過去の話だ。今のわしは、ただのしがない閑職にある居眠り同心。三味線を習ってもおかしくはないだろう」

「旦那、まじめにおっしゃっているんですね」

「ああ、そうだよ。おれは大まじめだ」

「そんなにおっしゃるのならお教えしますが、習ってみて気に入らなかったら、我慢することないですからね、すぐにやめてくださいよ」

「ああ、あんたに迷惑はかけん」

「迷惑じゃないですけどね」

お峰は部屋の隅にあった太棹《ふとざお》の三味線を持って来た。

「旦那、持ってみてくださいな」

三味線を渡された。

「よし、こうか」

三味線と撥《ばち》を持つ。まずは、鳴らしてみた。しかし、不快な音が奏《かな》でられるだけである。

「やっぱ駄目だな」

源之助は顔をしかめた。たちまち、お峰が、

「いくらなんでも諦めが早すぎますよ。誰だって、はなっからは、弾《ひ》けやしないんですから」

「ならば、まずは、何か弾いてくれ」

「何を弾きましょう」

「そうだな、老松《おいまつ》でも」

「承知しました」

お峰は背筋を伸ばした。やがて、撥に奏でられた美しい三味線の音色が春の宵を彩《いろど》った。つい、うっとりと耳を傾ける。三味線を奏でているうちに、お峰のうなじに薄

っすらと赤味が差した。

艶めいた気分に浸っていると、

「帰ったぜ」

と、京次の声がした。お峰はかまわず三味線を弾き続ける。京次の足音が近づき居間に入った。

「やっぱり、旦那ですかい」

そこで三味線がやんだ。

「よく、わかったな」

「玄関に鉛仕込みの雪駄が脱いでありましたからね」

京次は言ってから、源之助が手元に三味線を置いていることに気づき、おやっとした顔になった。

「実はな、本日からお峰の弟子になったんだ」

源之助がまじめぶって言ったものだから、

「冗談、きついですぜ」

京次はお峰を見ると、

「本当のことだよ」

お峰もすました顔である。

「へえ、どうした風の吹き回しですかい」

京次は源之助に問いかけてから、「おれにも茶だ」とお峰に告げた。お峰が出て行ったところを見すまして、

「今度の探索に関係があるんですか」

「いや、それがな」

源之助は源太郎から日々遅くなっていることを咎められ、つい、苦し紛れにお峰に三味線を習い始めたと嘘をついたことを話した。

「だから、話を合わせてくれよ」

京次は肩をそびやかし、

「旦那も大変ですね」

「まあな」

「で、仙吉の行方なんですがね、こっちは方々に網をかけていますが、今のところ、引っかかっておりません」

「そのことなんだがな、渡り中間として旗本屋敷にいるんじゃないかということがわかったんだ」

源之助は怪しい旗本屋敷として五つを挙げた。

「なるほど、そういうことですか。となると、町方では迂闊に手を出せませんね。それに篠山さまとなると、この前のこともありますから余計に厄介だ」

「それでな、杵屋善右衛門殿の力を借りることにした」

源之助は善右衛門と一緒に旗本屋敷に履物の商いに向かうことを語った。

「いかにも旦那らしいや。こっちも、家主の蓬莱屋の線で骨董屋を当たってみたんですがね、喜多方藩の掛け軸を扱っているような骨董屋はありませんね」

「すると、仙吉はまだ手元に持っているのか。それとも、いずこかの大店の商人、武家に売りさばいたか。いや、売りさばいたということはなかろう。それなら、大金をせしめているはずだ。渡り中間などしておらんだろう」

「売って、ほとぼりが冷めるのを見計らっているんじゃありませんかね」

「そう、考えられなくもないが——」

ここで、お峰が茶を持って来た。

「旦那が三味線を始めなさるなんて思いもかけなかったぜ」

京次は表情を一変させた。

「まったくだよ。あんたも一緒にどうだい」

お峰はからかうように京次に流し目を送った。

「馬鹿言っちゃあ、いけねえ、おいら、そんな暇じゃねえよ」

たちまち源之助が、

「こいつはご挨拶だな」

京次はあわてて、

「いえ、その、なんですよ。そうじゃなくって、あっしが三味線を弾くなんて絵になりませんよ」

「そんなことはないぞ。おまえは男前だ。役者を志していたんだから、三味線は様になるさ。一段と女に持てるぞ」

「旦那」

京次が顔をしかめた。

今度は源之助が失言を詫びた。

京次は焼餅を焼きかけたお峰に向かって、

「旦那は十日ばかり前から三味線を習いなすったんだからな」

「何を言っているのよ」

お峰は首を捻るばかりだ。

「まあ、そういうことで頼む」

源之助は理由を告げずに頭を下げた。源之助に頭を下げられてはお峰もいやとは言えないのか、

「まあ、そうおっしゃるのなら、それでかまいませんけど」

「そういうことだ。これは、入門料と十日分の稽古代だ。足りなかったら言ってくれ」

源之助は巾着から二分金を渡した。京次が、

「旦那、いりませんよ」

と、言ったが、

「ありがとうございます」

お峰はにんまり笑って受け取った。

「けっ、しっかりしてやがるぜ」

京次は皮肉そうに肩をすぼめた。お峰は、

「こっちは大酒飲みを養っていかなきゃならないんだからね」

と、源之助に笑みを送ってくる。源之助は微笑ましくなり、

「そのうち、三味線を買うとするよ」

と、腰を上げた。

「旦那もご苦労が絶えませんね」

京次に言われ、

「いや、これで、なかなか楽しいものだぞ」

「そうですかね」

「日々、様々なことがあり、飽きることがない」

実際、源之助の心は弾んでいた。

第七章　因縁の旗本屋敷

一

翌朝、源之助と伝三郎は杵屋にやって来た。善右衛門は待ち構えていたかのように大きな笑みを広げている。

老舗の履物問屋の旦那とは思えない木綿の袷《あわせ》を着流しにし、黒の角帯といういでたちだ。

「さあ、さあ、こちらに」

善右衛門に導かれ襖を開けて隣室に入った。

「これに、着替えてください」

善右衛門は部屋に置かれた着物を指差した。杵屋の屋号が染められた木綿のお仕着せだった。

源之助も伝三郎も言われるままに着替えをする。伝三郎は背負っていた唐草模様の風呂敷包を部屋の隅に置いた。

着替え終わると、二人はいかにも不似合いな様子だ。源之助も伝三郎も裾がやや短い。いかにも不格好だったが、それがかえって下っ端の奉公人を思わせる。

大刀も脇差も置いておく。

「髪もなんとかしなくてはなりませんな」

善右衛門に廻り髪結いを呼んでありますからと縁側に導かれた。二人は春光降り注ぐ縁側の陽だまりに並んで座った。ぽかぽかと温まった縁側は黙っていると眠気に誘われそうだ。

髪結いは源之助の髷から取りかかった。なんだか、おかしな気がした。伝三郎は神妙な顔で源之助が終わるのを待っている。

二人とも商人風に髷を結われた。手鏡に映った己の顔を見ながら、

「妙なもんだな」

源之助は何度も髷を触ってしまう。伝三郎も同様でまじまじと鏡を覗き込み、時折首を傾げるのは違和感を抱いているからだろう。ところが、源之助の目には丸顔で赤

い頰の伝三郎には商人風の装《よそお》いが似合って映る。

「お二人ともお似合いでございますよ」

善右衛門の言葉に反発したくなった。伝三郎はともかく自分は似合ってなどいない。そんな思いが胸を過《よ》ぎるが、そんなことはどうでもいいと黙っていた。

「まずは、腹ごしらえをなすってください」

用意されたのは奉公人と同様の食事のようだ。丼飯と葱《ねぎ》だけの味噌汁、茄子と白菜の漬物、それに梅干が添えてあるだけである。源之助には物足りなかったが伝三郎は、

「んだば、いただきます」

旺盛な食欲を発揮し始めた。梅干一つでたちまちのうちに丼飯を平らげる。善右衛門は伝三郎の食べっぷりに目を細め、お替りを用意させた。

伝三郎の勢いは衰えない。食べるというより、飲み込むといった方がふさわしい。その食べっぷりは見ていて気持ちいいほどだ。

それに対して源之助は一杯の飯も持て余し、茶漬けにしてどうにか腹に収めた。旺盛な食欲を見せる伝三郎を横目に見ながら、

「健啖だな」

伝三郎は飯を頰張りながら、

「んだ。国許じゃ、白い飯はめったに食べられません。盆と正月くらいだ。それが、江戸では、侍も町人も日に三度、飯が食べられます。江戸におる間に食べなくては勿体《もったい》ない気がします。こんな美味いもの、噛んでなんかいられません」

「ならば、好きなだけ食べろ」

膳に残した漬物をやった。

結局、伝三郎は丼飯五杯を腹に詰め込んだ。朝餉が終わったところで善右衛門が、

「では、くれぐれもお願い申し上げますが、言葉をお客さまと交《か》わさないようにしてください。心苦しいことではございますが、お二方には履物を入れた風呂敷包を背負って行って頂きます。旗本屋敷に入りましたら、手拭いで頬かぶりをしてうつむいていてください。わたくしか善太郎が必要に応じて風呂敷の中の履物を求めますから、その時になったら、中から下駄や雪駄を渡してください。あとは、お目当ての男がいるかどうかに注意を向けてください」

「承知」

源之助が言うと伝三郎もうなずいた。

「では、浜町堀にございます飯尾さまのお屋敷からまいりますか」

縁側に向かって、

「善太郎」

と、声をかけた。

「おはようございます」

善太郎も善右衛門同様の地味な木綿の袷という格好である。四人は善太郎が持参した杵屋の前掛けをした。

「心が弾みます」

善太郎が言うと、

「蔵間さま、念のために申しますが、これを手前どもの商いに繋げてもよろしゅうございますね」

「むろんだ。大いに役立ててくれ」

「蔵間さまがご承諾くだすった。善太郎、今日は気張るぞ」

「お任《まか》せください」

善太郎は胸を叩いた。一時はどうなるかと思ったが、ずいぶんと立派な商人になったものだ。

だが、今はそんな感慨に浸っている場合ではない。

善右衛門が巾着を持った。巾着はじゃらじゃらと音を立てた。巾着の中には、銭や一朱銀が山ほど詰められている。

源之助が怪訝な目を向けると、

「商いの道具です」

善右衛門はニコリともせず真顔で答えた。


四人は飯尾屋敷の裏門にやって来た。善右衛門が、

「では、行くよ」

善太郎を促す。善太郎は意気込みを表すように大きく首を縦に振り、足取りも軽く裏門に近づき潜り戸を叩いた。

「御免くださいまし」

三度ばかり叩いたところで潜り戸が開けられ、下働きの男が顔を出した。善太郎は履物問屋杵屋を名乗り、御用方に取り次いで欲しいと頭を下げる。男が無下に断ろうとするのを、「まあ、そうおっしゃらず」と、巾着に手を突っ込んで無造作に銭を取り出し、いくらか確認もせずに相手に握らせた。

男は銭を摑まされ周囲を見回した。善右衛門が満面の笑みを浮かべ頭を下げる。男は無言のまま屋敷の中に消える。すかさず、善太郎も中に入り、善右衛門も続く。源

之助も伝三郎と共に屋敷の中に入った。

善太郎は御殿裏手の台所棟に向かった。築地塀に沿って中間たちが詰めている小屋が見えた。善右衛門は小屋に近づいた。折りよく、中間が一人小屋から出て来た。

「いい雪駄がございますが」

善右衛門は気さくに声をかける。

中間は不意に声をかけられ戸惑ったが、

「雪駄も下駄も用は足りている。それに、おれたちより、お殿さまや奥方に売り込んだらどうだい」

「まあ、そう、おっしゃらずに、一つお手に取ってくださいまし」

善右衛門は源之助と伝三郎を手招きした。源之助と伝三郎は走り寄り背から風呂敷包を下ろすと、下駄を取り出した。

「どうです。なかなか値打ちがありますよ」

善右衛門は下駄を中間の手に取らせた。紺色の鼻緒の桐下駄である。

「確かに上物だな」

中間は桐下駄に視線を落とした。次いで、自分が履いている下駄を恥ずかしそうに眺めた。鼻緒は色もわからないほどにすすけ、板は黒ずみ、二本の歯はすり減っていた。中間が集まり出した。善右衛門はみなに下駄を見せる。

源之助は面を伏せ、上目遣いで中間連中の面差しに注意を向けた。伝三郎も仙吉が混《ま》じっていないか視線を凝らしている。

「こら、いいもんだがな」

中間の一人が言う。

「お仲間はみなさん、お揃いでございますか」

善右衛門が声をかけると、

「そうだよ、これだけだ」

五人だ。

「出入りは激しいのですか」

何気ない調子で善右衛門は問いかけを重ねる。中間は、

「まあ、入れ替わりはあるが、新入りは十日ばかり前に入ったあいつだけだ」

あいつと言われた男は仙吉とは似ても似つかない男だった。善右衛門は源之助に合図を送ってくる。源之助は軽く首を横に振った。伝三郎も小声で、「違います」と囁いた。

善右衛門は仙吉がいないことを確かめると、

「では、また、まいりますので」

中間たちの手からさっさと下駄を回収した。中間たちが恨めしそうな視線を送ってきた。

善太郎が台所棟の勝手口から出て来た。善太郎はにこやかに奉公人たちの間を通り

善右衛門の近くに歩いて来る。

「では、みなさま」

善右衛門は丁寧に腰を折り、外に出た。

「ここではなかったな」

源之助が言った。伝三郎もうなずいた。善右衛門は善太郎に、

「そっちはどうだった」

善太郎は帳面を取り出し、

「今、出入りしているのは浅草並木町の三州屋さんです。三州屋さんとはこの五年の付き合いだそうです。近々、雪駄、草履、下駄、それに蛇の目傘のお見積もりを持参することになりました」

「三州屋さんより安かったら出入りできるのか」

「そういうことですが、見積もりだけ取られ、三州屋さんへの値切りに利用されるこ

とも考えられます。そうなっては、面白くございませんから、まずは、高めの値を用意します。何よりも大事なことはうちの品物を気に入っていただくことですから、近日中に奥方さまや殿さまにいくつかの品をお届けしたいと思います」

善太郎はすらすらと述べ立てた。

「うん、それでいい」

善右衛門は息子の手際に満足した様子で目を細める。

「善太郎、なかなか、しっかりしているじゃないか」

源之助も善太郎の成長がうれしくなった。

「いえ、これで、お出入りが叶えばよろしいのですが、そうならなければ、なんの値打ちもございません」

善太郎は表情を引き締めた。

「こうやって、一軒、一軒、地道にお得意を広げていくのが大事だ」

善右衛門が言った。

なんだか、杵屋親子の商いに協力しているようだが、悪い気はしなかった。

二

結局、公儀御小納戸頭取篠山左兵衛助の屋敷のみを残すことになった。

妙な因縁だ、と思わざるを得ない。報徳寺の一件は依然として重く胸にのしかかってくる。篠山の憎憎しげな顔が甦る。潜入して、万が一篠山に自分の正体を見抜かれたとしたら、篠山の逆鱗に触れ、自分の身はおろか北町奉行所にまで災いが及ぶかもしれない。

そんな思いが胸に渦巻く。だが、訪ねないわけにはいかない。

篠山の屋敷は日比谷堀近く、外桜田は武家屋敷の一角にあった。屋敷に着くまで、胸の中で葛藤が渦巻いていたが、伝三郎の一縷《いちる》の望みを託すかのような思いつめた表情を見ていると、ここで引き下がるわけにはいかないと再び己を叱咤した。

そんな源之助の胸の内など知るはずもない善太郎は、

「おとっつあん、篠山さまにお出入りが叶えば、大奥への出入りも叶うかもしれませんよ」

弾んだ声を出した。

「そう、簡単にはいかないよ」

善右衛門は慎重な姿勢である。

「そんな弱気でどうするんだ」

「弱気じゃない。篠山さまともなれば、多勢の履物問屋が出入りしようとしてあの手この手を使っているだろうということさ。おいそれとはいかないよ」

「でも、やってみないうちから諦めてちゃあ商いにならないよ、ねえ、蔵間さま」

善太郎に話題を振られ、

「そうだ」

反射的に賛成してしまった。

「蔵間さまもこうおっしゃっておられるんだ。おとっつあん、気張るよ」

善太郎は裏門の潜り戸を叩いた。

四人は屋敷の中に入った。さすがは、将軍の側近くに侍《はべ》る実力者である。大きな池に築山を設けた回遊式の庭には枝ぶりのいい松をはじめ四季を楽しめる草花がきちんと手入れされ植えられている。御殿や台所棟の屋根瓦は春光を弾き豪壮な造りと相まって、見る者を圧倒していた。

善太郎は満面を笑みにして井戸端で水を汲んでいる奉公人に向かった。

善右衛門はそんな息子を見ながら中間のいる小屋へと入って行く。源之助と伝三郎も善右衛門に続く。近づくにつれ、中間たちの様子がわかった。中を開けなくても、荒《すさ》んだ様子である。

怒声や笑い声が飛び交い、中間同士で博打に興じている。善右衛門が、戸をそろっと開ける。大きな笑い声が耳をつんざいた。

「御免くださいまし」

善右衛門が声をかける。やがて、一人の男が出て来た。だらしなく着崩した着物の胸元から首筋にかけては、酒焼けして真っ赤だった。

「なんだ」

中間は善右衛門をねめつけた。善右衛門は臆することなく、白い歯を見せながら、

「履物問屋でございます」

これ以上ないほどの愛想笑いを送る。

「履物問屋がどうした」

中間はしゃっくりをしている。おまけに、裸足である。ほとんど泥酔状態といっていいだろう。だが、善右衛門は不快な表情一つ浮かべず、

「いい履物がございますが」

素早く一朱を握らせた。中間はにやっとしながら、

「まあ、別に困ってはいねえが」

機嫌よく言うと、どんな履物だ、と訊いてきた。善右衛門はすかさず、

「様々、取り揃えておりますので、お仲間にもお見せしたいのですが」

と、源之助をちらりと見た。源之助はすかさず、うつむいたまま中間の近くまで駆け寄ると風呂敷を広げた。

「どうです、素晴らしいものばかりでございましょう」

善右衛門は桐下駄を手に取った。中間は、

「おお、これはいいな」

「では、お仲間を」

善右衛門に言われ中間は振り返り、

「お〜い」

と、仲間を呼ばわった。中からぞろぞろと男たちが出て来た。その中に坊主頭の男がいる。男は、

「お頭《かしら》」

と、呼ばれていた。とたんに源之助の胸が激しく疼《うず》いた。見間違えるはずはない。山犬の団吉だ。

団吉がここにいる。篠山の屋敷にいるということは、篠山と団吉はぐるだったということになる。篠山は報徳寺で賭博が開けなくなり、自分の屋敷に賭博場を設けたということだ。

胸に憤然たる怒りが渦巻く。

ここで会ったが百年目とはまさにこのことだ。団吉は自分の顔を知らない。激情に任せこの場で捕縛することはできないが、このまま帰るのもしゃくだ。

源之助は雪駄を持ち、

「お頭、どうぞ、履いてみてください」

団吉に語りかけた。印伝の鼻緒を施した逸品だ。団吉はめんどくさそうに、

「履いてみろ、と言われたら履かねえこともないがな」

と、勿体をつけるように言うと源之助の手から雪駄を取った。源之助を杵屋の奉公人と信じ切っているようだ。

一方、善右衛門と伝三郎は中間相手に雪駄や草履、下駄を勧めている。中間たちの中に仙吉らしき男の姿はない。

――ここにもいないのか――

大きな失望感が胸を覆った。

仙吉を探して団吉を見つけ出した。瓢簞から駒である。果たして、喜んでいいのか、それとも、篠山屋敷という手の届かない所に逃げ込まれた現実に失望すべきなのか。

なんとも複雑な思いに駆られた。すると、

「この、履物だがな」

団吉は横柄な口ぶりで善右衛門の背中に語りかけた。善右衛門が振り向き、

「なんでございましょう」

「いいもんだってことはよくわかるぜ。気に入ったよ。全部買ってやる」

善右衛門が、

「ありがとうございます」

満面の笑みで応ずると、

「でもな、ただ、買ってやるんじゃ面白くねえな」

団吉は薄笑いを仲間に向けた。仲間もふふと肩を揺すった。

「なんでございましょう」

「酒だ。酒を飲み比べて勝ったら、買ってやる」

団吉は豪快に笑った。

「はあ、お頭と飲み比べるのでございますか」

団吉はニヤリと笑い、

「おれじゃねえ、おい、熊《くま》、こっちへ来な」

中間部屋に大声を放った。熊と呼ばれた男はのっそりとした動作で出て来た。その名の通り、熊のような大男だ。

「熊次郎《くまじろう》だ。こいつに飲んで勝ったら、この履物、全部買ってやろうじゃねえか」

団吉は熊次郎を見た。熊次郎は既に飲んでいるのか、大きな顔を赤らめ下卑た笑いを浮かべている。

善右衛門は困った顔をした。団吉がすかさず、

「言っておくが、熊が勝ったらこの履物全部ただで置いていってもらうぜ」

熊次郎は顔を突き出した。善右衛門は後じさりをし、

「それは、ちょっと」

善右衛門ならずとも熊次郎を見れば、とてものこと勝負には応じられない。善右衛門が躊躇《ためら》っていると団吉は威圧するように、

「なんでえ、今更、逃げるって言うのか、おお」

と、すごんできた。

善右衛門は困ったような顔で源之助に向いた。源之助はあいにくと酒に自信はない。二日酔いに苦しんだ時も五合と飲んではいないだろう。ところが、この熊次郎という男、おそらくは一升や二升では収まるまい。

他のことはいざ知らず、こと、酒の勝負となったら気軽に請け負うことなどはできそうにもない。

源之助の自信のない表情を善右衛門は読み取ったのだろう。

「では、及ばずながら、わたくしが」

団吉は面白がり、

「そうか、主《あるじ》自らが請《う》けるか。そうこなくてはなあ」

「はい、お願いします」

覚悟を決めたように善右衛門は一歩前に踏み出した。

「よし、おい」

団吉は酒を持ってこさせた。一斗樽が運ばれてきた。

「ほれ、持ちな」

団吉は五合枡を取り出した。熊次郎は自信満々の態度でそれを持つ。

「なら、勝負だ」

団吉が言う。

「ほんなら、いきますわ」

熊次郎は五合枡を樽の中に入れ、なみなみとすくい上げる。それをぐいぐいと飲んでいく。喉仏が気持ち良さげに動き、ごくごくという音と共に飲み干された。

「ほれ」

団吉に促され、善右衛門はおずおずと五合枡を樽に浸す。一杯に満たし、口元へ運ぶ。善右衛門は目を瞑り、ゆっくりと飲む。一息というわけにはいかないようだ。

二度、三度、あるいは数度、口を離しようやくのことで飲み干した。

「ふう」

善右衛門は目元が赤らんでいる。身体がふらふら揺れた。と、そのままばったりと倒れてしまった。

三

咄嗟《とっさ》に源之助は善右衛門を抱きかかえた。善右衛門は真っ青な顔である。

「なんだ、物足りねえな。もうしまいかい」

団吉の憎憎しげな声がする。悔しさで胸が焦《こ》がされた。このまま引っ込んでいることはできない。

源之助は善右衛門を小屋の中に運び、小上がりになった板敷きに寝かせ団吉の前に立った。

「待て、いや、待ってください」

「なんだ、もう、勝負はついたぜ」

「わたしが、挑みます」

源之助は言った。

「まあ、別にかまわねえが、いくらやったって一緒だぜ。なにせ、この熊ときたらうわばみだ。おめえも、主同様、ぶっ倒れるのがおちだ」

「いや、やる」

源之助が五合枡を取った時、

「おらが、やるだ」

それまで、沈黙を守っていた伝三郎がのっそりと小屋に入って来た。

「なんだ、このむっつり兄さんがやろうってのかい」

団吉はおかしそうに笑った。伝三郎はそれには答えずに、五合枡を源之助から受け取ろうとした。その顔はいつものように頼りなげだが、その落ち着いた所作は自信を感じさせた。

源之助はそれを見て取り、五合枡を渡した。伝三郎は五合枡を樽に浸し、一杯に満たすと、

「ほんなら」

と、大きく息を吸い、両手で持ち口元に運んだ。そして、大きく傾ける。酒は見る見る、なくなっていく。

あっと、いう間に飲み干し、

「ほんなら、二杯めいきます」

と、二杯めをすくいごくごくと飲み干した。飲んでから目を細めた。顔から笑みがこぼれている。

国許は酒所とあって相当に酒好きのようだ。伝三郎の飲みっぷりは見ていて気持ちがよかった。

熊次郎は、

「よし、やったるぞ」

自らを鼓舞し二杯めを飲んだ。伝三郎は飄々とした所作で三杯めを飲んだ。熊次郎も飲み干す。

このあたりから、中間たちがやんやと囃《はや》し立てた。

二人は次々と五合枡を飲み干し、熊次郎は七杯めで荒い息をした。次いで、尻もちをついた。伝三郎は悠然たるものである。その余裕たっぷりな調子でもう一杯飲んだ。飲み干す頃には、熊次郎は地べたに仰向けになり、鼾《いびき》をかいていた。

「けっ、だらしねえ野郎だ」

団吉は忌々《いまいま》しげに熊次郎の大きな腹を蹴った。が、熊次郎はぴくりともしない。

「では、この履物、全部買い取ってくだされ」

源之助が言うと、

「ふん、履物なんぞいらねえよ。帰れ」

団吉は邪険な声を浴びせてきた。

「話が違う」

伝三郎は怒った。

「うるせえ、思う存分、酒を飲ませてやったんだ」

「約束が違うだ」

伝三郎はすがりつく。団吉は、

「しつこいぞ」

と、伝三郎を足蹴にした。伝三郎は地べたに転がった。源之助の胸に怒りがこみ上げる。

「卑怯だぞ」

「てめえも、こうなりてえか」

団吉は殴りかかってきた。源之助はさっと、体《たい》を躱《かわ》すと、足で団吉を引っかけた。

団吉は前のめりに倒れた。

「野郎、なめやがって」

膝小僧をさすりながら源之助を見上げる。中間仲間が色めき立った。

「やっちまえ」

団吉は立ち上がった。

中間たちが源之助と伝三郎を取り巻いた。団吉は中間たちの背後に回り、

「かまわねえ、やっちまえ」

と、けしかけた。源之助は伝三郎を背後に庇《かば》った。中間たちが二人に向かって来た。

伝三郎は、五合枡を酒樽に浸すと、

「頭を冷やせ」

中間たちに酒を浴びせかけた。中間たちは、一瞬、動きを止めたが、じきに体勢を整えた。相手はひるむどころか、それが呼び水となったように怒りに身を震わせた。

と、その時、

「おとっつあん」

善太郎の間の抜けた声がした。善太郎は悪びれる様子もなくやって来る。団吉たちはその暢気な態度に機先を制せられてしまった。勢いを殺《そ》がれたのは源之助も同様で、その場に立ち尽くし、気まずい空気に身を置いた。

「おとっつあん、どうしたんだ」

善太郎は小屋を覗き、板敷きで横になっている善右衛門の傍《かたわ》らに歩み寄った。

「あ〜あ、酒なんか飲んで」

善太郎は呆れたように顔をしかめた。

「さあ、行きますよ」

善太郎は善右衛門を担いだ。伝三郎も手助けをする。源之助と伝三郎で履物を入れた風呂敷を背負い、

「では、また、まいります」

善太郎が言い、源之助も伝三郎も頭を下げた。

「ふん」

団吉は横を向いた。

四人が裏門の潜り戸に向かった時、勢いよく入って来た男がいた。ひどい馬面だ。なりからして中間だった。右耳の黒子が目についた。

「ああ」

伝三郎の口から悲鳴に似た声が漏れた。

仙吉である。

源之助も仙吉に気づき、伝三郎の脇腹を肘でついた。伝三郎は口を閉じうつむいた。幸い、仙吉に感づかれることはなかった。仙吉は中間小屋に向かって歩いて行く。伝三郎は源之助に視線を向けてきた。源之助は黙っているよう目で促した。

四人は外に出た。そこでようやく善右衛門は自分で歩けるようになった。

「もう、大丈夫だ」

言ったものの呂律《ろれつ》は回っていない。

「まったく、おとっつあんたら、飲めない酒を飲むんだから」

善太郎に言われると、

「仕方がなかったんだ」

源之助は善右衛門が酒を飲むに至った経緯を話した。

「だからって、飲むことないじゃないか」

尚も善太郎に非難され、

「でも、あそこで引っ込むわけにはいかないじゃないか」

善右衛門は不服そうに言った。

「でもね、おとっつあんは下戸《げこ》なんだよ」

善太郎は呆れ顔である。

「わかってるさ」

「わかっているのなら、そんなことをすることはないじゃないか」

「やらなきゃいけなかったんだ」

「どうして」

「商人にだって体面というものがあるんだよ。負けるとわかっている勝負だって、受けなきゃいけないことがあるんだ」

「そんなもんかね」

善太郎は納得がいかないようだ。

「杵屋の暖簾を守っていかなきゃいけないんだ」

善右衛門は、もう大丈夫だと一人で歩き出した。おもむろに、

「商いはどうだったんだい」

善太郎はにんまりとして、

「話は聞いてくだすったよ。見積もりと品物を届けることになった」

「大奥への口利きは」

「それは、これ、次第さ」

善太郎は賄賂を示すように袖の下を指差した。

「篠山の殿さまにどれくらい持って行けばいいのかね」

「まずは、百両ってとこじゃないの」

「それで、大奥へお出入りできれば安いもんだがね。そう、うまくいくかね。取られ損ということも十分考えられる」

「まずは、挨拶代わり、杵屋の名前を覚えてもらうことが大事だよ」

「名刺代わりに百両は高いさ。土産と十両で十分。そんなところから始めるんだね」

二人はすっかり商いの話に夢中になっていた。

伝三郎は源之助の袖を引いた。

「わかっている。仙吉らしい男がいたな」

「間違いねえです」

伝三郎は頬を赤らめていた。酒のためなのか、仙吉を見つけたことの興奮によるのかはわからない。

「捕縛してえです」

伝三郎は顔中に決意をみなぎらせている。

「そうだが」

源之助は歯切れ悪く言わざるを得ない。

「相手が御公儀のお偉方だから遠慮しているんですか」

「はっきり言うと、そういうことだな。こうなったら、藩から篠山さまにお引き渡しを願ったらどうか」

源之助は声をひそめた。

「それは」

伝三郎は迷う風である。

「駄目か」

「叶えられるかどうか、自信ねえです」

「向井殿に事情を話してはどうだ」

「そんですね」

伝三郎は決心がつかないようだ。いい結果をもたらさないと思っているに違いない。

その顔を見れば、

「おれも、手立てを考えてみる」

そう言わないわけにはいかなかった。

そんな二人をよそに善右衛門と善太郎は今日の商いの成果についてあれこれ、話をしていた。尽きることもないようだった。

四

源之助は京次の家にやって来た。そこには牧村新之助もいた。新之助は源之助を見ても不思議そうな顔はしなかった。

京次に目をやると、

「すんません。牧村の旦那には蔵間の旦那が何をしていなさるか、話してしまいまして」

別段、腹は立たなかった。それどころか、

「三味線を習っていることもだな」

と、軽口を言った。京次はうなずく。新之助は、

「蔵間さま、やはり、血が騒いで仕方ないのですな」

「まあな」

否定はしなかった。

「ところで、今日はなんだ。まさか、おれがここに三味線を習いに来るのを待っていたのか」

新之助は面白そうに笑いながら、

「ええ、気になりましたね」

「そうか」

「でも、それだけじゃないんです。団吉の居所がわかったんですよ」

源之助もそれを突き止めたばかりなのだが、そのことは敢《あ》えて伏せておいた。別段、新之助を試そうというのではない。団吉の動きを正確に知りたかったのだ。

源之助が黙っているのを見て、

「篠山さまのお屋敷でした」

と、言った。新之助たちが恵比寿屋を張り込んでいるうちに、宗五郎が篠山の屋敷に入って行くのを確かめた。そこで、今度は篠山屋敷を張り込んで団吉が篠山屋敷の中間小屋に子分たちと潜伏していることを突き止めたのだという。

「団吉は今じゃ、篠山さまのお屋敷で賭場を開いているんです」

「性懲りもなく、相変わらず賭場を開いているとはな」

源之助はここで善右衛門たちとの探索の様子を話した。新之助も京次も、

「さすがは、蔵間さまだ」

新之助に賞賛されても喜びは湧かなかったが、一応うなずいてみせた。

「実は、例の喜多方からやって来た鶴岡伝三郎殿が追っている仙吉という男も篠山屋敷におった」

「これも何かのめぐり合わせですかね」

「状況だけ見ると、一挙両得と言えるかもしれんが、ちと、厄介なことになったな」

源之助は珍しく深刻な表情を浮かべた。京次が、

「やはり、無理ですか」

新之助も、

「簡単にはいきませんな」

三人はしばらく沈黙した。源之助が、

「御奉行から篠山さまに団吉引き渡しの願い出をしていただくわけにはいかんかな」

新之助が、

「それは難しいですね」

「報徳寺の一件があるからな。御奉行も篠山さまには遠慮なさる」

「そうまでして、篠山さまが団吉を取り込んでおるのは何故だとお思いですか」

「さて、どういうことだろうな」

源之助は思案を巡らせた。明確な考えが浮かばないまま、

「賭場に出入りする者どもに関係があるのか」

「賭場に出入りする連中の素性を確かめたのです。そうしましたら、老舗の商人ばかりでした。しかも、揃いも揃って大奥出入りの者たちです」

「篠山はそれらの商人に大奥へ出入りできるよう便宜を図ってやり、賄賂の他に賭場で金を落とさせ、賭場の胴元としてがっちりと稼いでいるというわけだな」

「そういうことです」

「まったく、がめつい御仁だ」

横から京次が、

「ちょいと気になることを蓬莱屋から聞いたんですがね、近々、篠山さまが掘り出し物の掛け軸を骨董屋に引き取らせるって」

「それだ。仙吉が盗んだ掛け軸に違いない」

源之助が答える。新之助が二人のやり取りを引き取り、

「篠山さまは見返りに仙吉を匿《かくま》っているんですね」

新之助の言葉は益々、怒りに火をつけた。

「まったく、腐れ果てた御仁だ」

「ほんと、呆れますぜ」

京次も顔を歪める。

「どうしましょう」

新之助は苦渋に満ちた顔になった。

「正面から攻めても駄目だ」

源之助は忌々《いまいま》しげに首を捻った。

「みすみす、このままにしておくってことはいかにも悔しいです」

新之助はうなだれた。

「考える」

そう言うしかない。

その晩、源之助は鬱屈した思いを抱きながら自宅に戻った。格子戸を開けると、玄関の式台で久恵が三つ指をついて微笑んでいる。

「お帰りなさいませ」

「うむ」

胸に残ったわだかまりから言葉はくぐもってしまう。だが、久恵はそれを源之助の疲労と受け取ったのか、いつもの微笑みで、

「今日は、お湯に行かれたらいかがですか」

源之助は、

「いや、それより、腹が減った」

「わかりました。早速にご用意申し上げます」

久恵は笑みを深めた。

源之助が生き甲斐を見出したことを好感をもって受け入れてくれているようだ。久恵ばかりではない。源太郎も自分が閑職に追われたことに負けず、心が折れることな

く自分で楽しみを見出したことに安堵を通り越した誇りすらも抱いているように見える。このような家族を持ったことに源之助はうれしさと感謝の気持ちを抱いた。

そんな心和む思いから、

「夕餉はなんだ」

久恵はおやっという顔をした。その顔を見て、そう言えば、夫婦になってから夕餉に興味を示したことなど一度もないことに気がついた。気がついてみると、なんとなく恥ずかしさがこみ上げる。

武士たるものが食事に気を向けるなどあってはならないことだ。

「あ、いや、なんでもよい」

照れ隠しにぶっきらぼうな口調で言い添えた。久恵は落ち着いた口調で、

「サヨリの焼き物、納豆、里芋の煮付けでございます」

「そうか」

自分から聞いておきながら無関心を装い、足早に居間に入った。源太郎がいた。

「お帰りなさりませ」

源太郎も弾んだ声を向けてくる。

我が家は平穏だ。今の自分がしなければならないことは、この平和な家庭を守るこ

とだ。

だが、悪党を見過ごしにはできない。

たとえ、自分の身がどうなろうと。家族に災いが及ぼうと。

第八章　春満月の捕物

一

夕餉の膳が運ばれる頃玄関で、

「御免くだせえ」

その間延びした声はまごうことなき鶴岡伝三郎である。自宅にまでやって来るとはよほど重要な用件に違いない。仙吉捕縛の一件で何らかの進展があったのだろう。

すぐに居間から出て玄関に向かった。久恵が応対していた。例によって大き過ぎる羽織を着ているが、唐草模様の風呂敷包は背負っていない。それが、火急の用件であることを強調しているようだ。伝三郎は源之助に気づくと、

「た、大変なんです」

哀願の表情を向けてきた。驚く久恵をよそに、

「まあ、上がれ」

伝三郎は久恵に一礼すると雪駄を脱ぐのももどかしそうに式台に足をかけた。源之助は久恵に、

「呼ぶまで居間には入るな」

そう言い残し、伝三郎と居間に向かった。伝三郎の息が乱れているのがわかる。居間に入るや、

「大変なことになりました」

伝三郎はこの言葉を繰り返した。

「落ち着けと言っても無理か」

そう返し、目で話の先を促した。

「五日後、御老中松川山城守《まつかわやましろのかみ》さまと寺社御奉行三村備中守さまが藩邸にいらっしゃるのです。茶会をお望みとかで、その際に、仙吉に盗まれた掛け軸を拝見なさるとか。そんで、急いで国許から取り寄せられたし、と使いが来たのです」

伝三郎は舌を嚙みながら話した。

「神君家康公から拝領した貴重な掛け軸、まさか、盗まれたとは言えぬな」

事態の深刻さは十分に理解できる。

「藩の体面にかかわります。それどころか、掛け軸がなくなったなんて御老中さまに知られたら、きついお咎めがある、と藩邸は大騒ぎになってます」

伝三郎の真っ赤な頬は血の気を失い、蒼ざめていた。唇が小刻みに震えている。

「先ほど、岡っ引京次の家に寄って来た。その掛け軸、どうやら仙吉と共に篠山さまのお屋敷にあるようだ。鶴岡殿は藩邸に戻られて、喜多方藩から篠山さまに仙吉引き渡しを願い出る旨、言上したのではないか」

それが、うまくいかなかったのは伝三郎がやって来たことで明らかなのだが、訊かずにはいられなかった。

「んだ。おら、いや、わたしは、藩邸に戻ると早速、舅であるお留守居役向井九郎兵衛さまに願い出たのです。向井さまは、早速、ご重役さま方とご協議の上、篠山さまのお屋敷に向かわれたのです。んだども……」

伝三郎は弱々しく首を横に振った。

「拒《こば》まれたのか」

「拒むどころか、そのような者は知らん。無礼なことを申されるな、とにべもなかったとか。篠山さまはとてもご立腹で、喜多方藩の無礼を御老中さまに訴えると言われたんだそうです」

篠山の陰険な顔が瞼に浮かんだ。

老中松川の喜多方藩邸訪問は、ひょっとして、篠山による意趣返しなのではないか。篠山は喜多方藩が神君家康公の掛け軸が仙吉に盗まれたことを知っている。老中松川の喜多方藩邸訪問には篠山の動きがあるのではないか。寺社奉行三村備中守が一緒だということも気になる。

「藩邸では拙者になんとしても仙吉捕縛と掛け軸奪還を命じられました」

伝三郎はさぞや、きつく奪還を言い渡されたのだろう。

「ですから、蔵間殿、この通りです、一緒に篠山さまのお屋敷に行ってください」

伝三郎は両手をついた。

「頭を上げろ」

言うと、かえって伝三郎は頭を低くし、額を畳にこすりつけた。

「それでは、話にならん。頭を上げるんだ」

ようやくのことで伝三郎は顔を上げた。泣きべそをかいている。

「一緒に行ってどうする。向井殿すらも拒絶した篠山さまだ。我らが行ったとて、仙吉引き渡しに応じるとは思えん」

伝三郎は口をもごもごと動かしていたが、

「んだば、忍び込んで連れ出すまで」

「馬鹿な。そんなことできると思うか」

「わたしには無理でも、蔵間殿なら」

伝三郎はすがるような目を向けてくる。

「わしに忍び込めと申すか」

思わず声を荒げた。伝三郎の身勝手な物言いに腹立ちを抑えきれない。

「すんません」

伝三郎は小さくなった。

「すんませんではない。自分にできないからといって、わしを頼ってよいのか。これは、おまえが命じられた役目だぞ。それに、わしが単身で忍び込み、連れ出せるほど容易なものではない」

実際に篠山の屋敷に忍び込むこと自体容易ではない。その上、山犬の団吉一味の目をかい潜り、仙吉を連れ出すなど、とてものことできるはずがない。

「そんですね」

伝三郎は厳しい現実を思い知ったようにしょげ返った。

「こうなったら、わたしは」

伝三郎は目を彷徨《さまよ》わせた。心、ここに在らず、といった風だ。

「ここは、じっくり考えよう」

そう声をかけようとした時、伝三郎は脇差を抜いた。源之助をきっと睨み着物の襟を大きく開け、

「蔵間殿、介錯をお願えします」

と、言ったと思うと切っ先を腹に突き立てた。

「やめろ！」

叫ぶや、伝三郎の手を摑んだが、時既に遅く刀身は腹に沈んでいる。伝三郎は目を閉じ苦悶の表情を浮かべていた。

が、腹から血は流れていない。おやっ、と思うと伝三郎は目を開け、

「あれま」

と、素っ頓狂な声を漏らし脇差を引いた。

「なんだ」

伝三郎は首を捻ると自分の腹を探った。腹には巾着が巻かれていた。その巾着に穴が開き、銭や銀貨があふれ出した。伝三郎は咄嗟に脇差を畳に置き、

「大変だ」

こぼれた金を拾い始めた。その間抜けな所作を見ているとおかしみが湧いてくる。

すると、廊下を足音が近づいた。

「父上」

源太郎がやって来た。久恵も一緒だ。源之助の叫びを聞き、ただごとではないと思ったのだろう。

ところが、居間で繰り広げられている光景はなんとも珍妙なものだ。着物の襟を広げ、腹に巻いた巾着からこぼれ落ちる金を拾い集めている伝三郎。その横には鞘を抜いた脇差が転がっている。

源太郎も久恵も理解に苦しんでいるようで、ただ、呆然と立ち尽くしている。

「なんでもない」

そう言うしかない。事情を話せば長くなるし、喜多方藩のお家の事情、篠山左兵衛助の悪辣さを明らかにせねばならない。源太郎は、「しかし」と抗ったが、

「夕餉を用意してくれ。客人にもな」

源之助は強い口調で久恵に命じた。久恵は尚も抗おうとする源太郎の袖を引き背中を向けた。

「夕餉を用意させる。食べていけ」

言いながら脇差を拾い上げた。伝三郎に返そうか躊躇っていると、

「大丈夫です。もう、しません」

伝三郎は神妙に頭を下げた。その顔に嘘はなさそうだ。脇差を返してやり、

「おまえが、腹を切ったところで仙吉も掛け軸も戻らん。犬死にだ。国許の親や妻が悲しむだけだぞ。生まれてくる赤ん坊はてて親の顔すら知らずに成長することになるのだ」

「もう、切腹するのはやめます」

伝三郎は巾着を畳に置いた。

「まずは、じっくり考えよう」

諭《さと》すように言うと、伝三郎は吹っ切れたような顔で、

「おら、切腹も満足にできねえ情けねえ男だ」

自嘲気味な笑いを浮かべた。

「そうではない」

「そんな慰めはいらねえです」

「違う。鶴岡殿は、考え違いをしている。情けなくて切腹できなかったわけではない。

腹に巻いた巾着が幸いしたのだ。鶴岡殿の妻女が江戸はすりが多いからと腹に巻くよう言われたその巾着だが。つまり、妻女が救ってくれたのだ。鶴岡殿に国許に無事に戻って来て欲しいという願いが命を助けた」

伝三郎はしばらく巾着を眺めていたがやがてため息を漏らし、

「そんですね」

その時、

「お待たせしました」

久恵が夕餉を運んで来た。源太郎も手伝っている。

「口に合うかどうかわからんが、まあ、食してくれ」

膳には丼飯と豆腐の味噌汁、サヨリの塩焼き、里芋の煮物、それに納豆が添えられていた。

湯気を立てて真っ白な輝きを放つ白米を見ると伝三郎の目は柔らかになった。

「これ、縫っておきましょう」

久恵は穴が開いた巾着を取り上げた。伝三郎は遠慮したが、源之助にかまわんと言われ承知した。

「では、お金を一旦、ここに取り出して置いていきますね」

久恵は言ったが、

「いんや、そんなことしなくても、まさか、蔵間殿の奥さまが金を取ったりはなさらねえでしょう」

伝三郎の素朴な物言いは居間の空気を和らげた。

二

食事を終えてから、伝三郎は、

「みっともねえところ、お見せしました。わたしは、もう二度と腹を切るなどと申しません。弱音も吐きません。絶対です。わたしは、なんとしても、仙吉を捕まえ、掛け軸を取り戻します。取り戻し、大手を振って喜多方に帰ります。ですから、蔵間殿、どうかお手助けくだされ」

その表情には固い決意が滲んでいた。

自分とて助勢を買って出たのだ。むろん、そのつもりだし、ましてや、大野清十郎の仇と言える篠山左兵衛助と山犬の団吉一味が敵とわかったのだ。このまま、おめおめと引っ込んでしまっては、八丁堀同心として二十年余にわたり御用を務めてきた自分を否定することになる。

地下に眠る大野とて安らかには眠られまい。それに、一旦引き受けた仕事を相手が悪いからといって逃げることは武士としてできない。卑怯というものだ。

「むろん、わしとてそのつもりだ」

伝三郎は源之助の言葉を静かに引き取った。これまでのように、気持ちの高ぶりを表情に浮かべたり、口に出したりしないことが、その決意の固さを示していた。

──伝三郎は命を捨てたのだ──

その吹っ切れたような顔を見てそう思った。切腹に失敗したとはいえ、切腹自体は本気だった。一旦は命を捨てたのだ。妻女とお腹の子を残し、この世を去ることの悲しさ、武士として藩命を全うできない悔しさを痛感し、改めて己を奮い立たせたに違いない。

切腹の失敗は伝三郎をして、成長のきっかけとなったのかもしれない。

──いや──

成長のきっかけとなったのかどうかは、これからにかかっている。

そう、仙吉捕縛と掛け軸の奪還。

それに成功した暁には伝三郎はまさしく一人の立派な武士となろう。

そして、このことは源之助の人生においても大きな意味を持つ。自分を、大野を陥れた者たちへの復讐ではない。閑職に左遷されたことを愚痴ることのない人生を送るためだ。

男としてけじめをつける。

手柄を立てることを第一に邁進してきた暮らしから、四季の移ろい、人情の機微に注意を向ける暮らし。人との関わりを大切にする暮らし。

そして、家族を思う暮らしだ。

それを負け犬ではない自分が行う。

そのためには、

「この勝負、断じて勝つ」

源之助は一言、一言を嚙み締めて言った。伝三郎は源之助の目をじっと見ながら黙ってうなずいた。

ぴりっとした緊張の糸が張られた。二人は黙ったままお互いの決意を確かめ合うように動かなかった。

と、その張り詰めた空気を和らげるように久恵の穏やかな声がした。

「できましたよ」

久恵は穴を縫い合わせた巾着を持って来た。伝三郎は真っ赤な頰を緩め、

「ありがと、ごぜえます」

受け取ると腰を上げた。

「ご馳走さまでした。ほんなら、これで帰ります」

源之助が続き、

「明日の朝、南町奉行所の姓名掛まで来るのだ。わしに考えがある」

伝三郎は慎重にうなずく。

「一か八か、賭けになるが」

源之助の躊躇いがちな態度に、

「やります。わし、やります」

伝三郎は太い声で応じたがそれ以上は訊いてこなかった。源之助について行く、と腹を決めているのだ。

「よし、ならば」

源之助は伝三郎を外に連れ出した。声を潜め、

「これから、話すこと、よく、頭に入れるんだ」

源之助は自分の企てを語り出した。見る見る、伝三郎の顔に驚きの表情が浮かんだ。

しかし、狼狽も動揺もしなかった。腹を固めているのだ。

「何も鶴岡殿、一人で篠山さまに立ち向かうことはないのだ。言ってみれば、お家の大事。藩邸挙げての対応が必要でござろう」

「そう、思います」

伝三郎の表情には微塵《みじん》の揺らぎもない。

「わしが申した策は、藩邸を挙げて行わなければならん。でなければ、失敗する。藩邸に戻り、重役方を説得するのだ」

「やります」

「うむ。その上で、明日、姓名掛にまいられよ。もし、説得に失敗したなら来る必要はなし。この策は実行できぬからな」

「絶対、説得します。蔵間殿の策でお家の危機を乗り越えます」

伝三郎は確信めいた口調だが、若干の不安が鎌首をもたげた。

「わしも一緒に藩邸に行こうか」

だが、伝三郎はきっぱりと首を横に振り、

「これは、わたしの役目です」

その姿はたくましさすら感じられた。

夕闇に消える伝三郎を見送ると、

「さて」

源之助は京次の家に足を向けた。


翌朝、源之助が姓名掛に足を踏み入れると既に伝三郎が来ていた。但し、前回のように江戸見物を浮わついた様子で山波平蔵と語り合っていたのとは別人のように、口元をわずかに緩め落ち着いた所作で着座している。その姿は大名家の藩士としての風格を漂わせていた。

「山波殿、今日はちと、頼みがござる」

源之助はおもむろに切り出した。山波はいつもと変わらぬ好々爺然とした表情で、

「なんでござろう」

言いながらも目の端に伝三郎を捉えている。

「掛け軸の絵を描いて頂きたいのです」

「ほう、どのような」

源之助が答えようとするのを伝三郎は制して、

「神君家康公が我が喜多方藩に下賜なされた掛け軸です。家康公、御自ら筆をお取り

になり富士と鷹を描かれたのです」

山波は表情を変えず顎を掻いていたが、おもむろに、

「神君の鷹ですな。噂には聞いたことがありますぞ」

「ご存じでしたか」

源之助が聞くと、

「もちろん、現物を見たことはござらん。ですが、名高い名物ですからな。どのような絵柄かは存じませんが、喜多方藩にそのような掛け軸があると聞いたことがござる」

「さすがは、山波殿」

つい、源之助は軽口を叩いたが、伝三郎は表情を変えていなかった。気恥ずかしくなるのを咳払いでごまかし、

「その掛け軸の絵を描いてくだされ。わけは申せません。ずいぶんと勝手なお願いでござるが」

山波は腕組みし、

「わけは知りたくはない。おそらく、この前の人相書きと関わるのでござろう。それなら、尚更わけは知らぬがよい。わしは専《もっぱ》ら、絵心で描きたいと思う。描くことはか

まわんが、絵柄がわからんでな」

と、伝三郎を見、ゆっくりと視線を源之助に戻した。

「鶴岡殿、山波殿にお教えできるか」

伝三郎は首を縦に振る。

「鶴岡殿ならば、細部に至るまで絵柄を心得ております」

「絵柄はざっと、こんなもんです」

伝三郎は懐中から絵を取り出した。富士が描かれ、裾野で武士が鷹狩を行っている図柄である。山波は目を細め眺めていた。

「なるほど、こんな絵であったのですか」

山波の絵心に火がついたようだ。目が真剣になっている。それどころか、顔全体が興奮で火照《ほて》っていた。

「細かいことはわたしが話します」

伝三郎は言った。

「ならば、早速描きましょう」

山波はいそいそと文机に向かった。伝三郎が、横に張り付くようにして様々な指示を与える。

山波は伝三郎の言葉を素直に聞き入れ、滑らかに筆を運んだ。

と、その時、

「お邪魔します」

引き戸が開けられた。山波と伝三郎は絵に没頭している。源之助が、

「早いな」

相手は京次である。背中に風呂敷包を背負っている。

「こっちへ持って来い」

源之助に言われ京次は源之助の前で風呂敷を広げた。

「大家の骨董屋、蓬萊屋にあるだけの軸を持って来ましたよ」

様々な掛け軸がある。但し、絵のない軸だけだ。

「すまんな。これでどうにかなるだろう」

源之助はほくそ笑んだ。

三

三月十五日、桜は盛りを過ぎ散りゆくばかりだ。喜多方藩邸で催された茶会はあた

かも散りゆく桜を惜しむ催しとなった。

老中松川山城守永敏《ながとし》、寺社奉行三村備中守正元、それに篠山左兵衛助が加わっている。篠山には向井九郎兵衛から、仙吉引き渡しを乞うたことに対する非礼を詫びるため茶会にお招きしたいと連絡をしたのだった。

松川、三村、篠山が向井の案内で庭を散策した後、伝三郎と向井で池に面して建てられた数奇屋風の茶室に導いた。

部屋には茶釜がぐつぐつと煮たち、程よく温まっていた。

羽織、袴を寸分の隙もなく着込んだ伝三郎は表情も引き締まり、凜々しい若侍といった風だ。喜多方藩主正孝は十五歳の少年大名である。その正孝の介添役を伝三郎は見事に務めていた。

茶室に入り、正孝が茶を点てる前に松川が、

「神君家康公、ご直筆の掛け軸、いかなるものか、楽しみでござるな」

篠山がその言葉を引き取り、

「いかにも。喜多方藩にとりましては、何物にも替えがたい宝でございましょう」

向井は表情を消し、

「まこと、おおせの通りでございます」

三村も、

「篠山殿より、喜多方藩の宝の話を聞き、御老中をお誘いした甲斐があるというもの」

篠山は、

「御老中も楽しみになさっておられます。では、早速に」

向井を促した。伝三郎が立ち上がり、

「こちらでございます」

閉じられていた襖を開けた。入ってすぐ右手に掛け軸が置かれていた。篠山が手に取り、まずは一瞥し、

「これぞ、神君の掛け軸」

と、恭《うやうや》しく両手で持ち、松川に捧げ出した。松川は神君に敬意を表するように頭を下げてから両手で受け取る。

山波が作成した贋作《がんさく》である。

「富士の裾野で鷹を使う、か。この武士はおそらく、家康公ご自身を描かれたものでござろう」

松川は感嘆の声を漏らした。次いで三村に渡す。三村もしげしげと眺めた。しばら

く鑑賞してから篠山に渡した。

篠山は再び手に取り、口元に薄ら笑いを浮かべた。

篠山だけは知っている。

この掛け軸が贋物であることを。

篠山はおそらく、喜多方藩が贋作を用意してこの場を凌《しの》ごうと企《くわだ》てていると見透かしているに違いない。

「この絵、神君家康公は何時《いつ》頃、描かれたのでしょうな」

篠山は視線を正孝に向けた。すかさず伝三郎が、

「大御所さまとして駿府城にあられる時でございます」

篠山は、

「なるほど」

と、さも感心したように首を縦に振った。が、それから、首を傾げ、

「おかしい」

と、呟いた。向井が、

「では、そろそろ、我が主が茶を点てたいと存じます」

松川は腰を上げようとした。それを、篠山が、

「お待ちください」

緊張感を滲ませたその声は座敷の空気を重くした。松川が浮かした腰を落ち着け、篠山に向いた。篠山は松川を見、

「いかがした」

「この絵、いささか腑に落ちぬことがございます」

「何かな」

松川は目をしばたたいた。

「この日付にございます」

篠山は絵の隅を指差した。松川は首を伸ばす。篠山は、

「ここに、元亀《げんき》元年とあります」

松村はうなずく。

「ところが、この絵は正孝殿が申されたように家康公が大御所になられてから描かれたもの。つまり、元和《げんな》元年のはずです。ところが、ここには元亀元年と記されてあります。元亀元年とは家康公は未だ岡崎城にあり、信長公と天下を斬り従えておられた頃」

篠山は鬼の首を取ったように得意げだ。

松川は、

「なるほど、いかにも妙じゃが……」

三村が、

「これは、とんだ贋作というわけですな。となると、真の神君掛け軸、いかがされたのでしょうな」

三村は松川を見た。篠山も、

「まさか、盗難、もしくは紛失されたのではございますまいな。そのようなことであれば、由々《ゆゆ》しきことですぞ」

三村も嵩《かさ》にかかったように、

「いかにも。神君下賜の名物を失くしたとなれば、藩の面目にかかわりますな」

松川は、

「今日のところは、この辺にしておこう。せっかくの茶席じゃ。茶をいただこうか」

しかし、篠山は、

「畏れながら、このような不届きなる藩のもてなしを受ける気にはなれません」

三村も、

「わたくしもでござる」

篠山は傲然と立ち上がり、正孝を見下ろした。そして、袴を払い立ち去ろうとする。

その時、伝三郎は篠山の前に両手を広げ立ちはだかった。篠山は目をむき、

「無礼者、退かぬか」

三村も、

「陪臣の分際で無礼であろう、控えよ」

伝三郎はひるむことなく、

「お待ちください」

と、声を励ました。松川は厳しい目でやり取りを見ている。篠山はたまりかねたように正孝を睨み、

「この無礼者を下がらせてくだされ」

伝三郎はひるむこともなく、

「一つ、一つだけお聞かせください」

篠山は罵声を浴びせようと思ったのか顔を大きく歪ませた。ところが松川が、

「何かな。聞きたいこととは」

伝三郎に助け舟を出してくれた。この言葉は伝三郎に勇気を与え、

「お聞かせくだされ」

今度は大きな声で繰り返した。篠山は威厳を保つように鷹揚にうなずくと、腰を下ろし、

「なんじゃ、答えてつかわす。但し、答えたからと申して、喜多方藩の不遜、許せるものではない」

伝三郎は頭を下げた。横で向井が平伏している。

「では、お訊き致します。篠山さまは神君掛け軸がどのような絵柄かご存じなのですか」

伝三郎の声は落ち着いている。向井が思わせぶりな笑みを浮かべた。篠山は狼狽を隠すように、

「知るはずがないではないか」

「そうですよね」

「あたり前だ」

篠山は再び、立ち上がろうとした。それを伝三郎が、

「待たれよ！」

渾身の力を込めた。篠山はぽっかりと口を開けた。伝三郎は表情を落ち着け、

「では、何故、この掛け軸を神君掛け軸であると手に取られたのですか」

「それは……。鷹と富士が描かれていることは存じておったのだ」

「おかしいな」

伝三郎は素っ頓狂な声を上げた。

「なんじゃ」

篠山の目が泳いだ。

「この座敷には、富士と鷹を描いた掛け軸があちらこちらにあります」

伝三郎は部屋を見回した。床の間といわず、壁には富士と鷹を描いた掛け軸が五つ飾ってある。図柄は違うが富士と鷹を描いたものだった。

「篠山さまは、他の掛け軸には目もくれず、この掛け軸を手に取られました。まるで、ご存じであったかのように」

伝三郎は言うと松川が、

「これは、ちと、妙なことじゃな」

篠山は、

「たまたまでござる」

と、うろたえるように答えた。

「おかしいな」

伝三郎はいかにも不思議そうに首を捻る。

「茶など、いかがでございましょう」

向井が言った。篠山は額に薄っすらと汗を浮かべ、

「いや、拙者、いささか、具合が悪くなった。今日はこれで遠慮申す」

三村も、

「わしもじゃ」

二人はそそくさと部屋から出て行った。

向井は松川を茶に誘った。

「なかなか面白き趣向であった」

松川は笑っていたが目元は厳しく引き締まっていた。そして、

「では、町方の役人をこれへ」

と、告げた。

伝三郎が立ち上がり縁側に出て、

「蔵間殿、お入りください」

源之助は庭先から、

「失礼申し上げます」

と、松川に挨拶をした。

四

その日の夜半、源之助と伝三郎は篠山屋敷の裏門近くに潜んでいた。築地塀に面した天水桶の陰である。

掛け軸の企ては源之助の策である。一か八か篠山が馬脚を現すのに賭けたのだ。馬脚を現させるべく、わざと年号を、「元亀」とした。篠山は見事、引っかかってくれた。老中松川山城守には前もって向井が書状を送った。書状には、掛け軸が仙吉という男に奪われたこと、その仙吉を篠山が匿い、掛け軸を売りに出そうとしていると訴えた。さらに、篠山は山犬の団吉なる博徒を屋敷内に留め、賭場を開いていることも書き添えた。

松川は予定の時刻より半時ほど早くやって来て向井と面談した。

松川は篠山にはかねてからよからぬ噂、大奥出入りの商人から多額の賄賂を受け取っているという悪評が立っていることを話した。ところが、将軍の君側の臣という立場上、迂闊には吟味を行えない。

そこで、向井は源之助から聞いた策を実行することを進言した。松川は自分の目で篠山の行状を見届けることを約した。

「松川さまは、篠山さまに屋敷を探索する旨、書状を送られた。報徳寺の一件同様、探索の手が入る前に団吉や仙吉を屋敷から立ち退かせるに違いない」

源之助の言葉を裏付けるように今晩は、賭場は開かれていない。屋敷は静まり返っている。

二人は篠山屋敷の豪壮な御殿を見上げた。満月のほの白い光を浴び、黒々とした巨大な影を往来に伸ばしている。篠山の権勢を誇るかのようだが、月は欠ける。やがては、その影も消えてなくなるのだ。

「わたしは、絶対この手で仙吉を捕まえます」

伝三郎は刀の柄を握り締めた。と、その時、潜り戸が開けられた。屋敷からぞろぞろと人が出て来る。渡り中間の格好をした連中の中に坊主頭の男がいる。山犬の団吉だ。

そして、馬面の男仙吉もいた。総勢十人ほどだ。伝三郎は仙吉を見ても、墨堤の時のようにあわてなかった。それどころか、どっしりと構え、澄んだ瞳を仙吉に向けている。

「行くぞ」

源之助が声をかけ、二人で十人の前に立ちはだかった。

十人の動きが止まった。団吉が、

「なんだ」

どすの利いた声で睨んできた。伝三郎が、

「仙吉、こっちへ来い」

突然に名前を呼ばれた仙吉は視線を伝三郎に据えた。すぐに、伝三郎に気づいたようで、

「な、なんだ」

と、わめくや踵を返した。すかさず、伝三郎が追いかけた。それがきっかけとなり、団吉が仲間をけしかけた。

「馬鹿者が」

源之助は刀を抜いた。月光に煌《きらめ》く刀身にやくざ者は一瞬ひるんだが、すぐに匕首《あいくち》を抜いた。源之助は群がる男たちに刀を向けた。峰を返して仕留めていく。

やくざ者の怒声が夜空に響いた。すると、足音が近づいて来る。足音は、

「御用だ！」

という声を伴った。御用提灯に浮かぶ先頭の捕方は牧村新之助だった。新之助の指揮で団吉たちは囲まれた。

新之助は次々と団吉一味に縄を打っていく。団吉は一人奮戦していた。死に物狂いで暴れた。両手で匕首を振り回し、捕方を寄せつけない。

捕方の輪を破り、逃亡する気なのだろう。

新之助が捕縛に向かおうとするのを、

「こいつは、おれに任せてくれ」

源之助は燃えるような目で団吉に向かった。刀を鞘に戻した。すり足で近づく。

団吉は両手を風車のように振り回し、阿修羅のような形相で源之助に殺到して来た。

源之助は刀の柄に右手を添え、腰を落とした。眼前に団吉が至った時、

「きえい！」

鋭い気合いと共に刀を横に一閃させた。刀身が煌き、団吉の右腕を切断した。

「ぐう」

団吉は悲鳴と共に地べたに転がった。右腕は匕首を摑んだまま夜空に舞った。

「お見事です」

新之助が横に立った時には源之助は刀を鞘に戻していた。捕方が団吉と仲間たちを引き立てて行った。新之助一人残った。一丁ばかり先で伝三郎は仙吉と対峙していた。源之助は、と、伝三郎が気になった。新之助と共に近くまで走った。

伝三郎は刀を抜き、仙吉は匕首を腰だめに構えている。大上段に構えた伝三郎は腰が定まらず、剣の腕が立つとは思えない。助勢しようとすると、

「わたし、一人で捕縛します」

その声は他人を寄せつけない厳しいものだった。源之助も新之助も黙って見守った。

仙吉が伝三郎に匕首を向けた。匕首は伝三郎の羽織の袖を切り裂いた。伝三郎はひるまない。めったやたらと匕首を振り回す仙吉の動きを冷静に見定めている。

伝三郎は受けに徹した。仙吉は次第に疲労の度を深めた。やがて、観念したのか匕首を放り投げ地べたに座り込んだ。

「好きにしろ」

座ったまま伝三郎を見上げる。伝三郎は刀を鞘に収め伝三郎の傍らに立った。

「引き立てる」

そう言った瞬間、仙吉は立ち上がり伝三郎の脇差を抜いた。それから、伝三郎の背後に回り首筋に脇差を突きつけ、

「手出しはならねえ、おめえら、刀を捨てな」

伝三郎は悔しげに顔を歪ませ、

「蔵間殿、わたしにかまうことはありません。こいつを斬ってください」

とたんに仙吉が、

「おめえは黙ってろ、さあ、早く刀を捨てな」

新之助は源之助に視線を送ってくる。

「やむをえん」

源之助は腰から鞘ごと大小を抜き、地べたに投げた。新之助も同様にした。

「馬鹿め」

仙吉は脇差の切っ先を伝三郎の首筋から離し、突き刺そうと勢いをつけた。

と、その瞬間、源之助は右足を蹴り上げた。足から雪駄が飛び出し、仙吉の顔面を直撃した。鉛の板を仕込んだ雪駄だ。仙吉はたまらず仰け反った。

伝三郎は腰の大刀を抜き袈裟懸けに斬り下げた。仙吉は断末魔の悲鳴を上げ倒れ伏した。

「よくやった」

源之助が声をかけると、

「はあ……」

伝三郎はその場にへたり込んだ。

満月が伝三郎を皓々《こうこう》と照らしていた。桜の花びらが夜風に乗って運ばれてくる。源源之助たちは妙に艶かしい空気に包まれた。

半月が過ぎた。

篠山の屋敷に松川の手が入り、神君掛け軸が押収され、喜多方藩に戻された。団吉一味や仙吉を屋敷に匿っていたことと相まって、篠山は評定所で裁かれた。

吟味されると、次々と罪状が明らかとなり、切腹の上、お家改易の沙汰が下された。

近々、三村の吟味も始まるという。

この日、源之助は非番である。自宅を訪ねて来た杵屋善右衛門と縁側に並んで日向ぼっこをしている。大野の墓に一件落着を報告したところだ。

「蔵間さま、お手柄は全て牧村さまにお譲りになられたとか」

「あれは御奉行所の命で動いた御用ではないですからな」

「影御用でございますか。しかし、あの一件がきっかけで、再び定町廻りに戻れたかもしれませんよ」

「いや、わしは今のままで十分です」

「本当ですか」

「ああ、楽しきものですよ」

「では、せめて、向井さまからの礼金を受け取られればよいものを」

「いや、大金を持つとろくなことはござらん」

「一旦、言い出したら引くことはない蔵間さまのことですから、これ以上は申しません。礼金五十両は手前どもで預かっておきますから、必要になられたらいつなりと言ってください」

源之助は善右衛門の顔を立てるように軽くうなずくと、

「そうだ。今朝、伝三郎から文が届いた」

と、懐から書状を取り出した。善右衛門は受け取り読み始める。

「達筆でございますなあ」

善右衛門が感心したように流麗な文字でしっかりとした文章が綴られていた。

「人は見かけによらない、いや、あいつ、一皮剝けたようだから、これくらいの字を書いてもおかしくはないか」

源之助の脳裏に伝三郎の笑顔が浮かんでくる。文には、源之助や久恵、源太郎に山波、善右衛門、善太郎への感謝の言葉が書き綴られ、最後に男の子が生まれたことが記されていた。

「お帰りになられた翌日に赤子が生まれたとは、運がよろしゅうございましたな」

「あいつのことだから、良き父親になるだろうな」

大きく伸びをした。

「んだば」

つい、伝三郎の口真似をしてしまう。善右衛門はそれに気づき声を放って笑った。

「お退屈でしょう。また、お仕事を持ってまいりますよ」

「仕事とは……」

「影御用です」

それには返事をせず空を見上げた。

日差しがめっきり強くなった。

真っ白な雲を横切る帰雁の群れが行く春を告げていた。

時代小説
二見時代小説文庫

居眠《いねむ》り同心《どうしん》 影御用《かげごよう》 源之助《げんのすけ》 人助《ひとだす》け帖《ちょう》

著者 早見《はや み》 俊《しゅん》

発行所 株式会社 二見書房
東京都千代田区三崎町二―一八―一一
電話 〇三―三五一五―二三一一 [営業]
〇三―三五一五―二三一三 [編集]
振替 〇〇一七〇―四―二六三九

印刷 株式会社 堀内印刷所
製本 ナショナル製本協同組合

ISBN978－4－576－10038－8
http://www.futami.co.jp/

居眠り同心 影御用 シリーズ1
早見俊

目安番こって牛 征史郎 シリーズ1〜5
早見俊

無茶の勘兵衛日月録 シリーズ1〜8
浅黄斑

とっくり官兵衛酔夢剣 シリーズ1〜3
井川香四郎

十兵衛非情剣 シリーズ1
江宮隆之

御庭番宰領 シリーズ1〜4
大久保智弘

大江戸定年組 シリーズ1〜7
風野真知雄

もぐら弦斎手控帳 シリーズ1〜3
楠木誠一郎

栄次郎江戸暦 シリーズ1〜4
小杉健治

五城組裏三家秘帖 シリーズ1〜2
武田櫂太郎

口入れ屋 人道楽帖 シリーズ1〜2
花家圭太郎

天下御免の信十郎 シリーズ1〜6
幡大介

柳橋の弥平次捕物噺 シリーズ1〜5
藤井邦夫

つなぎの時蔵覚書 シリーズ1〜4
松乃藍

毘沙侍 降魔剣 シリーズ1〜3
牧秀彦

日本橋物語 シリーズ1〜6
森真沙子

忘れ草秘剣帖 シリーズ1〜3
森詠

新宿武士道 シリーズ1
吉田雄亮

二見時代小説文庫